Rico y misterioso

JANICE MAYNARD

Editado por HARLEQUIN IBÉRICA, S.A.
Núñez de Balboa, 56
28001 Madrid

I.S.B.N.: 978-84-687-3187-2
Depósito legal: M-19521-2013
Editor responsable: Luis Pugni
Fotomecánica: M.T. Color & Diseño, S.L. Las Rozas (Madrid)
Impresión en Black print CPI (Barcelona)
Fecha impresion para Argentina: 10.3.14
Distribuidor exclusivo para España: LOGISTA
Distribuidor para México: CODIPLYRSA
Distribuidores para Argentina: interior, BERTRAN, S.A.C. Vélez
Sársfield, 1950. Cap. Fed./ Buenos Aires y Gran Buenos Aires,
VACCARO SÁNCHEZ y Cía, S.A.

Capítulo Uno

Annalise Wolff contempló a Sam Ely como si fuera un inspector de Hacienda. Estaba obligada a tratar con él, por razones de trabajo, pero se sentía incómoda cada vez que lo tenía enfrente.

Se requería mucha entereza para estar frente a aquel arquitecto apuesto y presuntuoso. Por fortuna, el suéter de cachemir carmesí y la estrecha falda negra de lana que llevaba parecían diseñados para demostrarle que era una mujer adulta y segura de sí.

Sam, sin embargo, no parecía muy impresionado. De pie, apoyado en el marco de la ventana, observaba la tarde de invierno tan desapacible.

–Sí o no, Annalise. He tenido el detalle de ofrecértelo a ti la primera, pero hay docenas de diseñadoras de interiores que estarían deseando tener una oportunidad como esta.

Ella sabía que él tenía razón. Observó por un instante a aquel hombre tan apuesto y sexy, de facciones sureñas. Los planos que había desplegados en la mesa correspondían a las innovaciones que Sam Ely pensaba introducir en la casa del rancho que sus abuelos tenían en Shenandoah Valley. Una hacienda que formaba ya parte del patrimonio histórico nacional.

–¿Has tratado ya con alguna revista para publicar el proyecto?

–Sí, con *Architectural Design*. La madre de uno de mis antiguos compañeros de la universidad es su redactora jefa. Debe estar frotándose las manos ante la idea de poder sacar Sycamore Farm en su publicación. El único cabo suelto que me queda por atar eres tú.

Sam volvió al escritorio y se sentó en el borde con las piernas colgando. Unas piernas largas y musculosas. Era una postura deliberada para mostrar su superioridad y ella lo sabía. Conocía a aquel hombre desde niña. El padre de Sam había diseñado Wolff Castle, la propiedad de su familia, y Sam había estado con él allí muchas veces. Para una chica encerrada como Rapunzel en su torre, la presencia de Sam, unos años mayor que ella, había conseguido activar sus hormonas y su primera pasión de adolescente.

–Si aceptase finalmente, ¿cuándo empezaría? –preguntó ella.

–Supongo que antes tendrás que ultimar algunas cosas –replicó él, y añadió luego, echando una ojeada al calendario que tenía al lado–: ¿Qué tal el viernes de la semana que viene? Mis abuelos quieren que te quedes a vivir allí mientras dure el trabajo. El rancho queda bastante lejos y sería una gran pérdida de tiempo tener que ir y venir todos los días.

–¿Y tú, dónde estarías? –preguntó ella con un repentino calor en las mejillas.

–Mi abuela quiere que me quede un par de días al principio para poner en marcha el proyecto, pero luego volveré aquí, a mi despacho. Estaré lejos de ti. Por ese lado puedes estar tranquila –dijo él, pasándose la mano por el pelo, con una leve sonrisa–. Tampoco vas a estar en ninguna prisión, puedes ir a casa cuando lo necesites. Eso sí, quiero que te dediques a este trabajo al ciento diez por ciento.

Sam se bajó de la mesa, cruzó los brazos y la miró de forma desafiante.

–¿Te pongo nerviosa, Annalise?

–No, por supuesto que no. Pero aún tengo que ver si puedo encajar este proyecto en mi agenda.

Annalise no necesitaba el dinero, pero sabía que ganaría mucho prestigio.

–Procura sacar el tiempo de donde sea, Annalise –dijo él, mirándola como si tratara de hipnotizarla–. Sé que lo deseas.

Tenía que reconocer que Annalise le ponía nervioso. Le había roto el corazón hacía siete años cuando ella se había echado en sus brazos y él la había rechazado. Quería creer que todo eso era ya agua pasada, pero la expresión que podía ver en sus preciosos ojos azules no dejaba lugar a dudas. La adoración que le había demostrado en el pasado se había transformado en odio. Nunca había podido perdonarle aquella humillación. Él había intentado disculparse varias veces, pero ella siempre se lo había impedido. Finalmente, se había dado por vencido, evitándola siempre que podía. Igual que había hecho ella.

Por eso, cuando sus abuelos insistieron en que le ofreciese el trabajo a Annalise, él se alegró de tener la ocasión de llevarla a su despacho y volver a verla cara a cara.

Todo en ella le parecía extraordinario. Era alta y delgada y muy segura de sí. Bien podría pasar por una modelo o una estrella de cine.

–Debes tomar una decisión. Mi abuela quiere que te hagas cargo del proyecto. Se quedó impresionada con el trabajo de restauración que hiciste en la casa del rector de la universidad de Virginia. Pero si no tienes tiempo, dímelo ahora.

Annalise se cruzó de brazos. El suéter rojo remarcaba de forma insinuante las deliciosas curvas de sus pechos y la estrechez de su cintura. A Sam no le costó imaginarse levantándola en vilo por las caderas, abriéndole las piernas y…

–Te gustaría que lo rechazara, ¿verdad? –exclamó ella, con arrogancia–. Pues lo siento, pero vas a tener que soportarme. Si tu abuela quiere que yo me encargue del proyecto, no pienso defraudarla.

Sam se sorprendió de la alegría que sintió al oír esas palabras. ¿Deseaba realmente tener una excusa para poder estar con la obstinada y quisquillosa Annalise Wolff? Eso era lo que parecía, a juzgar por su erección, cada vez más insistente.

Escribió unas notas y se aclaró la garganta.

–Iré a ver a mi abogado para redactar el contrato. ¿Tienes alguna pregunta?

Diez días después, Annalise se dirigía en su Miata por un estrecho camino pavimentado que conducía a la entrada de Sycamore Farm. Era invierno y los campos en barbecho tenían una gruesa capa de escarcha.

Los abuelos de Sam se habían ido afuera unas semanas, en busca de un clima más cálido. Pero sabía que habían dejado un frigorífico y una despensa bien provistos para que ella pudiera pasar allí una temporada.

La última frase de Sam parecía resonar aún en sus oídos: «¿Tienes alguna pregunta?».

¡Diablos! Sí que tenía una: «¿Era tan repulsiva hace siete años como para que no quisieses hacer el amor conmigo cuando me arrojé en tus brazos como una estúpida?».

Sintió la bilis revolviéndose en el estómago al recordar aquella humillación. Sujetó el volante con una sola mano y buscó en el bolso una pastilla para la acidez.

Con la mirada puesta en la carretera, sus recuerdos parecieron recobrar vida.

Al borde de sus treinta años, Sam Ely estaba en toda su plenitud. Era, sin duda, el hombre más excitante que había visto.

«No, Annalise. Sigo viéndote como a una hermana» había dicho Sam cuando ella le pasó los brazos por el cuello y lo besó con veintiún años.

7

Ella se quedó parada sin comprender nada.

«Creo que estoy enamorada de ti, Sam».

Él dibujó un extraña mueca de desdén en los labios que consiguió destrozale el corazón. La compasión con que la miraba le resultaba humillante.

«Me siento halagado, pero sigues siendo casi una niña, Annalise. Soy demasiado mayor para ti. Eres una chica maravillosa, pero creo que tanto tu padre como el mío me colgarían si intentase algo contigo… Además… a los hombres nos gusta llevar la iniciativa. Deberías pensar en eso. Sé que has crecido sin una madre al lado que te enseñara este tipo de cosas, pero a los hombres nos gustan las mujeres dulces y femeninas, suaves y humildes. Eres muy hermosa, Annalise. No tienes necesidad de esforzarte para…».

Annalise volvió al presente al sentir un golpe en el coche. Acaba de pasar por encima de un bache. Agarró con fuerza el volante y redujo la velocidad.

Al doblar el último recodo del camino, comenzó a vislumbrar el conjunto de edificaciones que constituían Sycamore Farm. Vio entonces una figura solitaria en el porche de la casa que reconoció al instante. Estaba quieto y de pie, a pesar del frío.

Aparcó frente a la entrada y se bajó del coche.

Trató de controlarse y olvidarlo todo. Estarían juntos en aquella casa treinta y seis horas, cuarenta y ocho todo lo más. Trataría de impresionarle con su seriedad y profesionalidad, demostrándole que su sonrisa sexy y sus encantos ya no le afectaban lo más mínimo.

Él levantó una mano en señal de saludo y sonrió de manera convencional.

Annalise trató de abrir la boca para decir hola. Pero, en ese instante, tropezó con un trozo de hielo que había al pie del porche y cayó al suelo hacia atrás de forma aparatosa.

Cuando abrió los ojos con un gemido de dolor, vio el cuerpo atlético de Sam Ely inclinado sobre ella, tocándole suavemente con las manos para ver si se había hecho daño. Cuando le levantó la cabeza con mucho cuidado, ella sintió un escalofrío. Aquel simple contacto había hecho renacer en ella a la adolescente enamorada.

–¿Te has hecho daño? –preguntó él, rozándole la mejilla con el dorso de la mano.

Sam le apartó el pelo de la cara. Un pelo negro y sedoso que parecía enredarse cálidamente entre sus dedos en medio de aquel ambiente gélido.

–Di algo, ¡maldita sea! ¿Estás bien?

La mirada de Annalise podría haber derretido un muñeco de nieve.

–Sí –respondió ella, haciendo un esfuerzo para incorporarse–. Deja ya de manosearme.

Aunque sus palabras salieron cortantes, su voz sonaba suave y femenina. Resistiéndose a la tentación de tocarle los pechos, Sam la tomó en brazos y contó mentalmente hasta diez. Se había prometido no dejarse llevar por la atracción que sentía por ella cuando la tenía cerca, pero no estaba seguro de poder controlarse. La animadversión que había entre ellos era culpa suya, sin duda alguna. Pero no serviría de nada tratar de resucitar algo que había pasado hacía ya tanto tiempo.

Una vez en el porche, abrió la puerta con una mano y pasó dentro con ella en brazos.

—Los de la calefacción vendrán dentro de un par de días a reparar los conductos e instalar una nueva caldera. Mientras tanto, espero que hayas traído suficiente ropa de abrigo. La caldera actual es una antigualla que funciona cuando quiere.

—En eso se parece a ti —murmuró ella entre dientes.

Entró en la cocina y la dejó en una silla. Un alegre fuego crepitaba en la chimenea produciendo pintorescos reflejos.

—Dime la verdad. ¿Tienes alguna herida? —preguntó él, arrodillándose a sus pies.

Ella lo miró con sus grandes ojos azules y, por un instante, él creyó advertir un cierto temblor en sus labios.

Annalise se quitó la chaqueta, dejando ver una blusa de seda de color azul a juego con sus ojos, y unos pantalones plisados de lino negro.

—No, estoy bien. Pero me muero por una taza de café.

Durante un buen rato, Sam siguió allí arrodillado a sus pies. Ella estuvo tentada de olvidarse de todas sus promesas y rodearle con los brazos.

—Quédate ahí sentada y no te muevas. Voy a preparar la cafetera.

En unos minutos, el aroma del café comenzó a impregnar el ambiente de la casa. Sam sirvió el café en una taza de porcelana y se la llevó en un plato, junto con una pequeña jarra de leche y un azucarero. Ella reprimió una sonrisa al verlo llegar tan ceremonioso con todo aquel servicio.

Sam acercó una silla y se sentó a horcajadas frente a ella en la mesa.

—¿Cómo están tu padre y tu tío Vic?

—Bien —respondió ella, dejando la taza en la mesa.

—Creo que ha habido unas cuantas bodas en tu familia este último año, ¿no?

—Sí. Ha sido maravilloso. Gracie, Olivia, Ariel, Gillian… Al final, he conseguido tener hermanas.

—Me alegro de que, por fin, hayáis conseguido dejar atrás el pasado.

Sí, los Wolff habían tenido un pasado trágico. Cuando Annalise era aún una niña, su madre y su tía fueron secuestradas y asesinadas. Fue un golpe terrible que marcó a toda la familia.

—Sí, afortunadamente, hemos conseguido superarlo —replicó ella con una sonrisa forzada.

Él creyó adivinar por la expresión de su mirada que aquel pasado no estaba del todo enterrado.

Se inclinó sobre la mesa y le agarró la mano, acariciándola con los dedos.

—Firmemos la paz, Annalise. No podemos trabajar juntos si no somos capaces de dejar a un lado los viejos rencores. Tengo que admitir que podría haber hecho las cosas mucho mejor entonces. Pero te conocía desde que estabas en el jardín de infancia. Siempre fuiste una niña para mí.

—No sé de qué me estás hablando —dijo ella, apartando la mano.

Su gesto habría disuadido a la mayoría de los hombres, pero él estaba cansado de ser el malo de la película.

—Tu padre me habría castrado.

—Me dijiste que yo era como una hermana para ti.

—¡Maldita sea! —exclamó Sam, pensando que aquella burda mentira le perseguiría toda la vida—. Estaba claro que no quería decir eso. Solo estaba tratando de salir airoso de la situación.

—Así que además eres un cobarde. ¿Es eso lo que quieres decirme?

Ahora tuvo que contar hasta cincuenta. Se puso de pie bruscamente, procurando no fijarse en el gracioso mohín de su labio inferior ni en la forma en que sus negras pestañas parecían reflejarse como medias lunas sobre sus mejillas, cuando ella bajó la mirada a la taza de café.

—Sí, fui un cobarde —admitió él.

—No seré yo quien te lleve la contraria —dijo ella, quitándose un hilo del dobladillo del pantalón.

—Creo que será mejor que te enseñe tu habitación. Te subiré las maletas.

Sam se dirigió por el pasillo hacia la puerta de la casa. Necesitaba recobrar la calma.

Abrió la puerta y contempló el campo nevado. Ella se acercó a él con el ceño fruncido.

—¿Qué ocurre? ¿Te pasa algo? —preguntó él.

Los dos se quedaron en la puerta, hombro con hombro, mirando cómo nevaba copiosamente. Las huellas de los neumáticos del coche de Annalise ya se habían borrado y su Miata estaba cubierto por una espesa capa blanca.

—Sabías cómo estaba esto. ¿Por qué no me avisaste para que no viniera?

—He estado muy ocupado. ¿Por qué no te molestaste en consultar las previsiones del tiempo?

—Ha sido culpa tuya —exclamaron los dos a un tiempo con la misma expresión de enfado.

Sam cerró la puerta y se cruzó de brazos.

—Después de los años que llevo en Virginia, puedo asegurarte, sin necesidad de ver las previsiones del Weather Channel, que estamos ante un buen temporal de nieve.

—No creo que vaya a ser para tanto —dijo ella, tratando de infundirse ánimos.

—Pareces contrariada. ¿Tanto te preocupa volver a la oficina? —dijo él suavemente.

—¿Y eres tú quien me lo dice? ¿El que no se marcha nunca del despacho antes de las nueve de la noche, como si estuvieras pegado a la silla?

—No te preocupes, Annalise. Al menos, nos tenemos el uno al otro.

—No me encerraría contigo en esta casa ni por todo el oro del mundo —dijo ella con los puños apretados, alzando la barbilla.

—Le prometí a mi abuela que me quedaría el fin de semana para orientarte en el proyecto, pero si tanto te preocupa quedarte conmigo, podemos irnos ahora mismo. Ella se sentirá decepcionada pero...

Sam estaba tratando de manipular la situación y no se molestaba siquiera en disimularlo.

Annalise procuró apartar las imágenes que acudían a su mente, en las que aparecían ellos dos, con los cuerpos entrelazados, bajo uno de los edredones hechos a mano por su abuela.

—Tú eres el que tenías que estar más preocupado. ¿Cómo piensas volver al trabajo?

—¿Qué se te ocurre que podríamos hacer? Si seguimos aquí más tiempo, no tendremos ninguna posibilidad de llegar a la interestatal.

Annalise lo miró con recelo. ¿Sería todo una artimaña preparada para que ella acabara rindiéndose? No le daría esa satisfacción.

—El tiempo no me preocupa. Pero me gustaría tener aquí las maletas para poder instalarme cómodamente, si no te importa —dijo ella, dándole las llaves del coche.

—¿Estás segura, princesa? Si se va la luz, vamos a pasar algunos apuros.

—Supongo que habrá un generador para estos casos, ¿no?

—Por supuesto. Pero no se si funcionará. ¿Has traído ropa de invierno, además del abrigo?

—Tengo todo lo necesario. ¿Puedes traerme las maletas? ¿O quieres que te ayude?

—No hace falta que te molestes. Creo que podré arreglármelas yo solo.

***

Tuvo que hacer tres viajes para meter en casa todas las maletas. Cuando terminó, cerró la puerta y echó la llave. Annalise sonrió al verlo. Estaba todo blanco. Parecía el abominable hombre de las nieves. Solo que en versión sexy.

–Veo que necesitas muchas cosas para ir por la vida. ¿Qué llevas en todas esas bolsas y maletas? –preguntó él.

–Libros, el ordenador portátil, chucherías, ropa interior…

–¿Chucherías? –exclamó él.

–Tengo debilidad por el chocolate. Las tabletas que he comprado son mucho mejores que el sexo.

–No sé. Tal vez no hayas tenido nunca una experiencia en condiciones.

Ella sintió un calor intenso entre los muslos y un picor en los pezones, que parecían endurecerse poco a poco bajo la blusa.

–¿Flirteas habitualmente así en tu trabajo? ¿O esperas realmente que me ponga a hablar contigo de mi vida sexual?

–Tienes razón –admitió él–. Ha sido una observación muy poco afortunada entre colegas.

–Yo no soy tu colega. Trabajo para tus abuelos.

–Annalise, tienes que me perdonarme por lo del pasado –dijo Sam, acercándose unos pasos a ella–. De lo contrario, vamos a estar siempre a la gresca, como el perro y el gato.

Ella se pasó la lengua por los labios y desvió la mirada hacia un viejo reloj.

–Me sorprende que no hayas encontrado esa mujer ideal de la que siempre hablabas. Ya sabes, afable, sumida y dócil –dijo ella con ironía, pero sintiendo un gran dolor en el pecho al pronunciar esas palabras.

–Lo siento, princesa –replicó él, poniéndole las manos en los hombros–. Lo que te dije aquel día fue solo una sarta de estupideces. No regía bien en aquel momento. Estaba tratando de salir de una situación difícil. Sí, me sentía atraído por ti. Sobre esa tontería que te dije de que una mujer decente debía esperar que fuera el hombre el que diera el primer paso… supongo que solo pretendía que no volvieras a repetir esa escena de nuevo. No quería que cualquier desaprensivo te tomara un buen día la palabra y te dejara luego tirada.

Ella sintió el calor de su aliento en la cara y apartó la mirada. Se sentía demasiado frágil y vulnerable y eso la disgustaba. No había aprendido a controlarse cuando tenía tan cerca al hombre al que había deseado durante años y podía besarlo con solo acercar su boca a la de él.

Sam podía decir que siempre se había sentido atraído por ella y que todo lo había hecho por su bien, pero Annalise tenía el presentimiento de que su rechazo había sido sincero. Ella distaba mucho de ser la mujer ideal de Sam.

Se apartó de él, agarró dos pequeñas maletas y se dirigió a la cocina, sin mirarle a la cara.

Sam tomó el resto del equipaje y la siguió, con cara de frustración.

¡Maldita sea! Ya se había disculpado. ¿Qué más podía hacer? ¿Ponerse a cuatro patas delante de ella? Si hubiera sido otro hombre o sus padres no hubieran sido tan amigos, habría mandado todo al infierno y habría aceptado su proposición sin pensárselo dos veces.

El dormitorio que su abuela había preparado para Annalise estaba frío como el hielo. Sam puso cara de contrariedad y abrió los radiadores.

–Esto parece una cámara frigorífica –dijo ella–. ¿Estás seguro de que funciona la caldera?

Sam levantó una enorme maleta y la puso encima del baúl que había al pie de la cama.

–Creo que sí. Pero voy a subir el termostato un par de puntos para asegurarme. De todos modos, no estaría de más que te pusieras un suéter por encima.

–¿Y tú? ¿No tienes frío?

–No, pero tenemos que pensarlo bien. Aún estamos a tiempo. Si nos vamos ahora, todavía podríamos llegar a la ciudad sin mayores problemas.

Annalise lo miró sorprendida con los ojos como platos.

–He cancelado los compromisos que tenía para estar aquí. Este proyecto requiere toda mi atención. Incluso con mal tiempo, hay cosas que puedo ir adelantando, como tomar medidas o hacer los diseños preliminares. Pero si te tienes que volver a Charlottesville, lo comprenderé.

Él la miró entonces a la cara, pero no fue capaz de interpretar el verdadero sentido de sus palabras. La luz tenue del atardecer, aún más apagada por la nieve, se filtraba por los visillos, proyectando sombras caprichosas en el suelo de madera.

—No puedo dejarte aquí sola —dijo él—. Podría pasarte cualquier cosa.

—Soy más fuerte de lo que piensas. Además, no tienes por qué sentirte responsable de mí.

Él se permitió tocarle el pelo suavemente para apartarle un mechón de la cara.

—Le prometí a mi abuela que te ayudaría al comienzo del proyecto. Hay muchas cosas que necesitas saber. Así que creo que lo mejor será quedarnos —dijo él, sorprendido de que ella no hubiera protestado por haberle tocado el pelo.

—Sí, supongo que sí —dijo ella con una leve sonrisa.

En ese momento, las luces empezaron a parpadear, encendiéndose y apagándose de forma intermitente y errática.

—¿Ya empieza esto? —exclamó Annalise, mirando a Sam con aire aprensivo.

—Es probable que sea solo algo pasajero por efecto del viento. Aunque, si te soy sincero, el suministro eléctrico de la zona no me ofrece mucha confianza. Por cierto, en el proyecto se contempla el soterramiento de todos los servicios: agua, gas, electricidad… No solo por cuestiones de seguridad sino también para recuperar el aspecto original.

—Eso va a costar una fortuna.

–Sí –respondió él, sonriendo–. Pero, ¿qué quieres que te diga? Yo soy solo el arquitecto.

Las luces volvieron a parpadear por segunda vez con malos presagios.

–Tengo que ir a traer toda la leña que pueda. Si se va la luz, tendremos que acomodarnos en el cuarto de estar.

–Hace pared con la cocina, ¿verdad?

–Sí y además la chimenea está en la medianera. Afortunadamente, esa parte de la casa no necesita ninguna remodelación. ¿Te importaría ir haciendo un par de tortillas mientras voy a por la leña? Sería bueno tomar algo caliente, antes de que se pueda ir la luz.

Annalise se quedó como muda y con la cara en blanco.

–¿Ocurre algo? –preguntó él.

–No soy muy mañosa en la cocina.

–No te estoy pidiendo nada del otro mundo. Pero, si lo prefieres, hay embutidos en el frigorífico. Puedes cortar unas lonchas de jamón.

–Lo digo en serio, Sam. No sé cocinar –insistió ella, casi sintiéndose culpable por ello.

–Es comprensible. Ha debido ser muy duro para ti crecer sin una madre al lado.

–Cuando tenía trece años, quería que el cocinero que teníamos en casa me enseñara. Pero mi padre dijo que para qué malgastar el tiempo en la cocina cuando podía emplearlo en aprender latín y griego. Tenía un modo muy particular de ver las cosas.

—Sé que tu abuela es una cocinera fabulosa y estoy segura de que tu madre también, pero si estabas esperando de mí algo parecido, vas listo.

—No tiene la menor importancia, Annalise. Me ha sorprendido un poco, eso es todo. Había supuesto que no habría nada que no supieras hacer.

—¡Vaya! No sabía que pudieras decir también cosas bonitas —dijo ella algo más relajada.

—Puedo ser muy agradable cuando no me provocan continuamente.

—¿Eso va por mí?

—¿Me crees capaz de ser tan malvado? —exclamó él, alzando una ceja con gesto de inocencia.

Los dos se echaron a reír, como si acabaran de firmar una tregua en aquella especie de guerra fría que parecían haber iniciado.

—Está bien. Ve a por la leña. Yo haré unos sándwiches y trataré de calentar una sopa.

Sam se dirigió al cobertizo y se puso a apartar la leña, mientras silbaba feliz ante la perspectiva de disfrutar una noche en compañía de una mujer hermosa.

Al entrar, encontró a Annalise en la cocina, preparando dos platos sobre unos manteles y poniendo con mucho esmero los cubiertos.

—Me has asustado —exclamó ella al verlo—. ¿Estás listo ya para cenar?

Sam tenía el chaquetón completamente mojado, así que lo dejó en el respaldo de una silla cerca de uno de los radiadores para que se secase. Annalise le puso una botella de cerveza, un bol de sopa de tomate y un queso a la parrilla con una presentación bastante deslucida.

Ella se sentó a la mesa frente a él con su propio plato. Con el calor del fuego, el cuarto tenía ahora una temperatura muy agradable. Él la miró por el rabillo del ojo mientras cenaba. Se había recogido el pelo con una coleta, dejando al desnudo un cuello sensual y elegante que parecía pedirle a gritos que fuera a besarlo y mordisquearlo.

Sam echó un trago de cerveza y dejó luego la botella sobre la mesa con un golpe seco.

–Dime, Annalise –dijo él, recostándose en la silla y mirándola fijamente–. ¿Hay algún chico en Charlottesville que vaya a echarte de menos mientras estés aquí?

–No estoy saliendo con nadie en este momento. Llevo una temporada agobiada de trabajo y el último hombre con el que salí me causó un impresión francamente pobre. La verdad es que no tengo tiempo para esa estupideces sentimentales.

–¿Estupideces sentimentales, dices? –exclamó él, arqueando una ceja.

–Sí, ya sabes a lo que me refiero: veinte mensajes de texto al día, paseos por el parque agarraditos de la mano, cenas interminables a la luz de las velas, esas cosas… Me gusta más estar ocupada con mi trabajo –replicó ella, levantándose para llevar los platos al fregadero.

Annalise lavó los platos y los cubiertos, y los dejó

escurriendo. Luego se limpió las manos con un paño de cocina y se apoyó en la encimera.

–¿Podemos dar ahora una vuelta de reconocimiento por la casa? Estoy deseando empezar.

–Muy bien –dijo él con la voz apagada intentando ocultar su mirada de deseo.

–¿Por dónde empezamos?

Después de una hora, volvieron de nuevo al cuarto de estar. La sala se había caldeado ya y tenía una temperatura muy agradable. Sam invitó a Annalise a sentarse en uno de los dos sillones de cuero que había a cada lado de la chimenea.

–Estaremos aquí más cómodos y calientes mientras termino de contarte todo lo que mi abuela quería que te dijera.

Annalise se acurrucó en el asiento, con las piernas encogidas encima del sofá.

–No sabes lo emocionante que es tener carta blanca en un proyecto como este. Ya que tú me has interrogado sobre el asunto, supongo que no te importará que yo también te pregunte si tienes alguna amiga especial esperándote.

–En este momento, no hay ninguna mujer en mi vida.

Annalise era muy consciente de la fama que tenía de conquistador. Sabía muy bien la legión de mujeres que habían pasado por su vida. Había sufrido en silencio con cada una de ellas.

–¿Qué pasó con la última?

–No coincidíamos en ninguna de las cosas importantes: política, religión…

–¿Y solo por eso renunciaste a tener relaciones sexuales con Diana Salyers?

–Para odiarme tanto, sabes muchas cosas de mí –replicó él con una sonrisa.

–Te exhibiste con ella por todo Charlottesville. Habría que ser sordo y ciego para no enterarse. Pero no sabía que hubierais roto. De todos modos, me desconcierta eso que has dicho. No te creía una persona que se tomase tan en serio esas cosas de la religión y la política.

–*Touché* –dijo él, sin perder la sonrisa–. Está bien. Si te interesa saberlo, fue porque me enteré de que no quería tener hijos.

Capítulo Dos

Sam consideró una buena señal que Annalise se interesase por su vida amorosa. Era grato saber que había en ella un cierto grado de implicación emocional, a pesar de su manifiesta antipatía.

–¿Deseas tener hijos? –preguntó ella.

–Tengo casi treinta y seis años. No creo que eso sea nada extraño.

–No te veo el tipo de hombre que desea formar una familia.

–No tengo ninguna prisa. Pero me gustaría que mis hijos pudieran tener los mismos bellos recuerdos que yo guardo de este lugar cuando los tenga.

–¿Hijos? ¿En plural?

Ella se detuvo un instante y le miró fijamente desde el lado opuesto del cuarto. Durante un buen rato solo se escuchó el crepitar del fuego de la chimenea devorando los troncos de roble.

–Te tenía por un solterón empedernido.

–En absoluto. En cuanto encuentre a la mujer adecuada, me propongo no dejarla escapar. Quiero que mis abuelos disfruten de sus bisnietos mientras aún puedan jugar con ellos.

–Interesante –dijo Annalise, acercándose a la ventana y descorriendo las cortinas de brocado.

No se podía ver nada. Hacía una noche oscura y el cristal estaba empañado por la nieve.

–¿Y qué me dices de ti? –preguntó él. ¿No piensas subirte a ese carro de felicidad del que disfruta toda tu familia?

–¿Yo? –exclamó ella sorprendida, dándose la vuelta–. No, no quiero tener hijos. No sería justo.

–¿Cómo es eso? –dijo Sam con cara de perplejidad, no exenta de cierta decepción.

–Nunca he tenido demasiada relación con niños. Como sabes, a ninguno de mis hermanos se nos permitió ir al colegio. Fuimos directamente a la universidad.

–¿Tuvisteis entonces profesores particulares cuando erais niños?

–Sí. Y tengo que confesarte que me costó mucho hacer amigas cuando entré a los dieciocho años en la universidad. Siempre me había relacionado con mis hermanos y primos. Las chicas eran un misterio para mí. Las pandillas, las confidencias sobre los chicos, las coqueterías… Todo eso me desconcertaba, era algo totalmente nuevo para mí.

–Lo siento, pero no acierto a ver qué relación tiene eso con no querer tener hijos.

–Digamos que no soy una mujer muy maternal. Pero preferiría no seguir hablando de esto, si no te importa.

Sam se quedó desconcertado por su respuesta. Estaba seguro de que tenía que haber algo más en aquella historia. Pero no tenía ningún derecho a seguir interrogándola.

–Ven, siéntate –dijo él, dando una palmadita en el respaldo de la silla en la que había estado sentada antes–. Déjame que te cuente las ideas que tiene mi abuela.

Con el fuego tan acogedor de la chimenea y la sensación de aislamiento que había creado la tormenta, la habitación parecía un refugio cálido e íntimo. Tal vez, demasiado.

Sam fue a por el maletín de trabajo que había dejado en la cocina y sacó de él una carpeta, mientras Annalise, con aire receloso, se sentaba dócilmente en la silla junto a la chimenea.

Cuando volvió la miró de nuevo a los ojos y sintió que la paz y la tranquilidad que había pensado disfrutar en aquella casa iban a verse amenazadas. Ella poseía una de esas bellezas que trastornaban el corazón de un hombre. Además de otras partes…, como él mismo podía ratificar por su excitación.

Se sentó de nuevo con la carpeta en la mano y trató de controlarse.

–¿Qué cosas sabes de esta casa?

–No muchas, la verdad. Soy toda oídos.

Se había dejado el pelo suelto y ahora le caía por los hombros. Tenía el cabello negro como el pecado e igual de atractivo y tentador. Se enredó un mechón entre los dedos y se puso a jugar con él con aire ausente. Sam observó sus movimientos como hipnotizado, sin poder apartar la vista de su mano y de su pelo.

–Cuéntame –dijo ella–. Cuanto más sepa de la historia de esta casa, mejor podré recrear el aspecto que tenía en el pasado.

–Muy bien –replicó él, volviendo de sus pensamientos y tratando de hablar con ella de la forma más profesional posible–. La historia de Sycamore Farm se remonta a la época de Jefferson y Monticello. Algunas publicaciones sugieren incluso que uno de mis antepasados fue amigo de los Jefferson, pero eso aún no se está demostrado.

–Aun así, emociona pensarlo. Las dos propiedades están relativamente cerca una de la otra.

–Es cierto. En cualquier caso, perdimos la tierra veinticinco años después, durante la Guerra Civil del XIX. La casa sufrió algunos desperfectos y la familia importantes reveses financieros. Pero, afortunadamente, un audaz agricultor llamado Ely consiguió restaurarla en 1900 y se ha mantenido así desde entonces.

–Me encanta esa historia del linaje. Eres muy afortunado, Sam.

–Tu padre y tu tío han abordado una empresa similar en Wolff Mountain. Sé que el legado de los Wolff está aún en mantillas, pero piensa en los años venideros. Especialmente, con todas esas bodas y esos bebés que están en camino.

–De momento, solo hay un bebé en ciernes, y aún quedan algunos meses para que nazca. La pequeña Cammie ya tenía cinco años cuando entró a formar parte de la familia, así que tener un recién nacido en la montaña va a ser toda una novedad.

–¿No te gustaría tener alguna vez allí tu propia casa?

–Nunca lo he pensado –respondió ella como si la pregunta le hubiera pillado por sorpresa.

–Embustera.

–¿Cómo te atreves? –exclamó ella indignada, mirándolo con los ojos echando chispas.

Sí, esa era la Annalise que él conocía, se dijo Sam.

–Te conozco, princesa. Eres diseñadora de interiores. Vives para la creación de espacios abiertos y bellos. No me puedo creer que no hayas soñado nunca con tener tu propio lugar en esa montaña.

–Tengo sentimientos encontrados sobre Wolff Mountain –dijo ella en voz baja–. Cada vez que voy allí, vuelvo a revivir esa mezcla agridulce de viejos recuerdos. La tragedia y la familia, la tristeza y el hogar. No estoy segura de querer perpetuar eso.

–Yo podría ayudarte a diseñarlo. Sería para mí un gran honor. Me sentiría como un Wolff honorario, haciendo allí algo parecido a lo que hizo mi padre.

–Mira que te puedo tomar la palabra –dijo ella con una leve sonrisa–. ¿Lo has pensado bien?

–Siempre cumplo lo que digo.

Los dos se miraron el uno al otro. Sam no estaba acostumbrado a estar encerrado en un cuarto tan acogedor como aquel con una mujer como Annalise, que tenía la virtud de descontrolarlo.

Habría pensado seducirla de no haber estado seguro de que ella habría ido luego con unas tijeras de jardinero a hacerle cualquier cosa. Era evidente que lo que ella había sentido por él en otro tiempo estaba ya muerto y enterrado.

–No nos desviemos del asunto y dime la opinión de tu abuela sobre los colores y las texturas.

Sam se inclinó hacia adelante y le entregó unas cuantas hojas de la carpeta sujetas con un clip.

–Mi abuela escribió ahí muchas notas para que tú las leyeras. Confía mucho en ti. En el documento, se describen las partes de la propiedad que ella desea conservar tal y como están. En las demás, puede hacer uso de toda tu fantasía y creatividad para hacer de Sycamore Farm un lugar de interés turístico.

Mientras Annalise leía el documento, Sam se fue a echar unos troncos más al fuego y luego salió al porche a evaluar la situación. No era nada halagüeña. Había una capa de nieve de casi treinta centímetros y no había visos de que el tiempo pudiera mejorar.

Trató de imaginar por un momento la posibilidad de que Annalise y él pudieran llegar a llevarse bien. Con campanas de boda y vestido de novia. Quería tener hijos, llegar a casa y ver a alguien esperándolo.

Hacía ya un rato que Annalise había terminado de leer las notas de la abuela de Sam. Había ido luego a echar unos troncos de leña al fuego y después había subido a la habitación a deshacer el equipaje.

Llenó con su ropa casi todo el armario y los cajones de la cómoda. Dobló la colcha y dejó el vestido y la bata sobre la cama. Eran unas prendas muy bonitas y elegantes pero no eran de mucho abrigo. Tal vez debería haber pensado en llevarse otra cosa más caliente para dormir en aquella casa de campo tan fría.

Se contempló en el espejo del cuarto. ¿Cómo la vería Sam ahora? ¿Seguiría siendo para él la joven torpe y desmañada, enferma de amor?

Sintió un agudo dolor al recordar aquella experiencia tan terrible y humillante. Se había dejado llevar por el deseo desesperado que sentía por el joven que había adorado desde niña. Ahora, el adolescente de entonces se había convertido en un hombre increíblemente atractivo.

—Veo que estás colocando tus cosas. ¿Necesitas algo?

Volvió la cabeza y vio a Sam apoyado en la puerta, con su silueta encantadora y carismática. Era tan alto que casi rozaba el dintel. Sintió un nudo en la garganta. ¿Y si hiciera una prueba para ver si le atraía físicamente como mujer? Aunque, tal vez, no fuera una buena idea. Podría parecerle patética.

—Creo que me voy a ir a acostar. Buenas noches.

—¿Tan pronto? Son solo las ocho y media, Annalise.

Ella pensó en alguna excusa. Pero no se había llevado siquiera un libro para leer.

—¿Sí? ¡Vaya! Supongo que aquí no habrá acceso a Internet, ¿verdad?

–¿Estás de broma? –exclamó él con una sonrisa–. Hay algo que me gustaría enseñarte… si no estás muy cansada. Pero, para eso, tendrás que ponerte un abrigo o un suéter, porque está en el tercer piso.

Ella asintió lentamente con la cabeza, se puso una chaqueta de ante y se recogió el pelo.

–Está bien. Ya estoy lista.

Sam no se molestó en ponerse nada por encima. Al parecer, estaba hecho de un material más resistente.

Ella lo siguió por la escalera hasta llegar a un rellano. Sam sacó una llave del llavero y abrió una puerta bastante pequeña. Ella pasó detrás de él, inhalando el aroma de la historia… el polvo, el papel viejo y el paso del tiempo.

Sam levantó la mano y tiró de la cadena de una bombilla que había suspendida de una viga. Hacía un frío atroz y el viento parecía aullar a través de los hastiales del tejado con una fuerza inusitada.

Annalise avanzó lentamente con mucho cuidado, con los brazos pegados al cuerpo.

–Espero que la cosa valga la pena.

–Sígueme –dijo él, dirigiéndose a un extremo de la buhardilla–. Esto debió ser, en otro tiempo, alguna dependencia del servicio.

Había zonas de las paredes en las que faltaban algunos ladrillos y en otras quedaban restos de un papel pintado ajado y desvaído con los años.

Annalise se inclinó hacia adelante para tratar de ver en aquella penumbra.

–¡Caramba!, Sam. ¿Es original?

Sam estaba tan cerca de ella que podía aspirar su aroma fresco y masculino, y oír su respiración.

–¿Han visto esto los del equipo de restauración histórica?

Sam sacó una pequeña linterna del bolsillo de atrás y se la dio.

–No, pero el objetivo es no tocar nada de lo que haya aquí. Sabía que tú eras una de las pocas personas a las que podría interesarle esto.

Annalise enfocó con la linterna un extremo del papel desvaído. En otro tiempo, habría sido, probablemente, de color amarillo brillante. Ahora, apenas eran visibles unas cuantas flores sobre un fondo de color crema.

–Hay más cosas debajo de este papel, ¿verdad?

–Afirmaría que hay por lo menos otras tres capas debajo –replicó él–. Creo que con un cúter podría extraer una muestra para que puedas examinarla.

–Eso sería fabuloso. ¿Hay o hubo alguna vez algo parecido a esto en la escalera?

–No lo sé. Ahora es toda de Pladur y materiales modernos de construcción. Sé que a mi abuela le encantaría que fueras capaz de encontrar un papel similar a estos y lo utilizaras al menos en alguna habitación... solo como nexo de unión entre el pasado y el futuro.

–Me gustaría intentarlo. Pero, ¿por qué crees que se tomarían la molestia de utilizar papel pintado de esta calidad en una dependencia que era para el servicio?

–Creo que para preservar la buhardilla contra el viento. En aquella época, aún no estaba terminado el tejado y vivir en esta zona de la casa debía de ser casi como estar en la calle.

Ella se puso a cavilar, pero apenas pudo concentrarse unos segundos al sentir el cuerpo de Sam casi pegado al suyo. Sintió la sangre circulándole a toda velocidad por las venas. Ya no sentía apenas el frío. Sin embargo, fingió un estremecimiento.

–Volveré aquí otro día, cuando pueda verlo mejor.

–Podría mostrarte aún más tesoros. Vestidos de seda con polisón, botines claveteados, uniformes militares, colecciones de sables y mosquetes. E incluso el vestido de boda de mi abuela.

Ella lo miró fijamente, preguntándose qué pasaría si se pusiera de puntillas y lo besase.

–Supongo que todo esto seguirá aquí mañana, ¿verdad? Empiezo a tener sueño. Ha sido un día muy largo –dijo ella, devolviéndole la linterna.

Sam se la guardó en el bolsillo, pero ninguno de los dos se movió.

–Annalise, yo…

Ella nunca le había oído hablar con esa voz tan insegura. Su cara había cobrado un expresión muy especial que tampoco le había visto nunca.

La tensión sexual parecía palparse en el ambiente. El espectro del pasado seguía planeando sobre ella: «A los hombres nos gusta llevar la iniciativa».

Avergonzada consigo misma por actuar como una principiante, se dio la vuelta bruscamente.

–Ya he terminado aquí por hoy.

Acababa de dar tres pasos hacia la puerta, cuando las luces se apagaron. Su primer impulso la llevó a correr hacia adelante, pero tropezó con algo y cayó al suelo de rodillas.

–¡Maldita sea!

Sintió un dolor agudo desde la pierna hasta la cadera y una hinchazón en el dedo gordo del pie.

–Quédate ahí. No te muevas –gritó Sam detrás de ella, murmurando luego algo entre dientes al oír un sonido sordo en el suelo.

–¿Qué ha sido eso?

–Se me ha caído la maldita linterna –respondió él, agachándose junto a ella y extendiendo la mano en la oscuridad–. ¿Sigues viva?

–Creo que sí, aunque con alguna que otra contusión.

–Déjame que te ayude –dijo él, alargando las manos hacia ella.

–Sam –replicó ella, con voz temblorosa–. Me estás agarrando un pecho.

Él lo soltó con la misma rapidez que si se tratara de una serpiente venenosa.

–Lo siento.

–Tira hacia arriba –dijo ella, agarrándole de la mano e incorporándose poco a poco entre gestos de dolor–. Está bien. Creo que podré andar.

–No creo que puedas sola. Agárrate a la parte de atrás de mi cinturón, vamos hacia la puerta.

–¿No vamos a buscar la linterna?

–No. Ha caído rodando.

Ella tuvo que palpar con las manos hasta encontrar la parte de atrás de su cintura. Notó su piel cálida y suave, y hubiera jurado que le escuchó emitir un gemido.

Avanzaron despacio en la oscuridad. El camino que habían hecho antes con relativa facilidad, parecía ahora una camino plagado de obstáculos. De repente, Annalise soltó un grito y se apretó contra Sam, abrazándose a su cuerpo.

–¿Qué te ocurre?

–He notado en el pie algo que se movía.

–Habrá sido solo un ratón.

–¿Solo un ratón?

–La Annalise Wolff que yo conocía no le tenía miedo a nada. Tus hermanos y tus primos trataban, a menudo, de asustarte inventando todo tipo de artimañas ridículas, pero tú aceptabas todos los retos demostrándoles que eras tan valiente o más que ellos.

–Creo que he madurado algo desde entonces.

–Es una pena… me gustaba mucho esa chica –dijo él, tocando la pared en busca de la puerta.

Annalise no encontró respuesta para eso. ¿Estaba él tratando de decirle algo? ¿O era tan solo una cháchara sin sentido para distraerla y hacerle olvidar que la casa estaba sin electricidad y que se iba a poner, en cualquier momento, a varios grados bajo cero?

Por fin, Sam encontró la puerta, pero no echó por eso las campanas al vuelo. Aún les quedaba bajar dos tramos de escaleras muy empinadas, completamente a oscuras.

–No te separes de mí. Voy a seguir el camino que marca la barandilla. Agárrate a mí.

Annalise comprendió que ese no era momento para ponerse a discutir. Sentía el corazón latiéndole de forma anárquica y apenas podía respirar.

–Parece que la cosa funciona –dijo ella, tratando de aparentar serenidad y muy reconfortada al sentir aquella mano grande y cálida que apretaba con firmeza la suya, casi helada.

Parecían una pareja de ballet en fase de aprendizaje.

Lentamente, llegaron al rellano del segundo piso y se detuvieron para recuperar el aliento.

–¿Estás bien, princesa? Sé que en el contrato que firmaste no figuraba esto.

Annalise lo sentía tan cerca que parecía como si toda ella estuviese rodeada por sus músculos duros y planos, su ancho pecho y su profunda voz.

–No tienes de qué preocuparte. Puede que no haya sido una Girl Scout, pero sé como arreglármelas con un hombre como tú y con una casa a oscuras como esta.

Capítulo Tres

Sam estaba desorientado. Pero no porque estuviese la casa a oscuras, sino por las señales contradictorias que recibía de Annalise Wolff.

–Al final, acabó bien la cosa. No nos hemos roto ninguna pierna. ¿Qué más podemos pedir?

–Necesitamos tomar algo. ¿Qué te parece un sándwich de malvavisco?

–Es una gran idea.

–Pues siéntate ahí y no te muevas –dijo él, señalándole una silla–. Voy a por unas linternas.

Volvió con ellas, tomó de la cocina los ingredientes que necesitaba y encontró luego a Annalise avivando el fuego.

–Veo que no entendiste bien mis palabras cuando te dije que te quedaras sentada –dijo él, poniendo dos juegos de galletas y barritas de chocolate en la repisa de la chimenea, y abriendo luego una bolsa de malvaviscos.

Ensartó uno de ellos en un palo delgado y se lo dio a Annalise, que lo miró muy sonriente.

–A mí me gustan muy tostados, para que tengan ese color marrón oscuro.

–¡Vaya! Habló la experta en cocina. Has de saber que el truco está en calentarlos hasta que se fundan, pero sin que se tuesten demasiado para que no adquieran agentes cancerígenos.

–¡Bah! No seas tan remilgado y vive la vida –exclamó ella, poniendo al fuego su malvavisco.

Él volvió a sentir esa sensación de deseo al tenerla tan cerca. No estaba seguro de si ella estaba calibrando debidamente el efecto que sus palabras le producían. Puede que fueran solo imaginaciones suyas, pero pensó que quizá estuviera planeando una venganza sexual y todo lo que estaba haciendo fuera solo para martirizarlo.

Sintió deseos de desnudarla y tumbarla en la alfombra. La deseaba allí mismo y en ese mismo momento. No podía esperar.

Pero antes de que pensara en la forma de abordarla, Annalise se levantó bruscamente.

–Sostenme un instante esto, por favor. Hace ahora mucho calor. Creo voy a fundirme antes que el malvavisco.

Él sujetó el palito sin rechistar, mientras ella se quitaba la chaqueta y se abanicaba la cara.

Sam observó la blusa de seda que se le adhería a los pechos, resaltando sus provocadores pezones por debajo del sujetador.

Se dio la vuelta, sorprendido de la excitación tan rápida que estaba experimentando.

–Toma, toma, te lo devuelvo –dijo él con la voz apagada, tratando de aparentar indiferencia–. No quiero hacerme responsable de nada. Háztelo a tu manera.

–Gracias –replicó ella en tono de burla.

Annalise se puso a girar el malvavisco lentamente sobre las llamas y se echó a reír cuando comenzó a arder como una antorcha. Él sintió esa risa sensual en sus entrañas derritiéndolo por dentro. Sam también estaba ardiendo. De deseo por ella.

–Apártalo de la lumbre, antes de que se consuma por completo.

Ella esperó aún un par de segundos más antes de retirarlo.

–No eres quién para darme órdenes. Si sigues así, no creo que llegue a funcionar nuestra colaboración.

–No es una colaboración. Tú eres la que está al cargo de todo.

Ella soltó un bufido, mientras colocaba el malvavisco y el chocolate fundido entre dos galletas.

–Sí, claro.

–Espera un poco antes de comértelo. Te vas a quemar la lengua.

Annalise no le hizo el menor caso y dio un bocado al exótico sándwich.

–¡Delicioso! Has tenido una gran idea, Sam.

Él sacó del fuego su malvavisco, solo ligeramente tostado, y se hizo el sándwich. El chocolate derretido unido al malvavisco desprendía un olor delicioso. Pero no podía apartar la mirada de Annalise. La luz del fuego pintaba sus elegantes facciones con cálidos tonos dorados. Su boca estaba impregnada de azúcar y chocolate.

–Tienes algo en la barbilla.

Annalise se limpió con la mano.

–¿Me lo he quitado ya?

–No, aún te queda algo.

¡Pásale la lengua! ¡Que se entere de que la deseas!, le dijo un diablillo invisible al oído. El mismo al que había hecho caso tantas veces. Pero ahora se contuvo. Sabía que si lo intentaba solo conseguiría perder las pocas posibilidades que aún podía tener con ella.

–Ahí –dijo él, con la voz ahogada, pasándole el pulgar por un lado de la barbilla.

Ella lo miró fijamente. La sonrisa desapareció de pronto de su rostro y una expresión extraña difícil de interpretar se dibujó en el fondo de su mirada cautelosa.

–Gracias.

Terminaron de comer en silencio. Ella se chupó los dedos y él sintió un deseo desbocado.

–Te daré una linterna –dijo él–. Si tienes frío, hay más mantas en la cómoda.

–No te preocupes por mí. Una vez que me meta en la cama, no habrá quien me saque de allí hasta mañana por la mañana.

–Yo dormiré arriba –dijo él–, si no te importa quedarte sola. Pero si tienes miedo, puedo quedarme aquí abajo en el sofá.

–No digas tonterías, Sam. ¿Te parezco una mujer miedosa? No te molestes, estaré bien. Además, no cabrías en el sofá. Eres demasiado grande.

–Como quieras –replicó él.

–¿Cuándo piensas encender el generador? Supongo que tendrás uno para estos casos, ¿no?

–Sí. Pero debemos usarlo con moderación. No sabemos cuánto tiempo vamos a estar atrapados y sin electricidad. Lo mejor será que pasemos así la noche y lo conectemos mañana para hacernos una comida decente y poder ducharnos.

–Me parece bien.

Sam le dio la linterna y ella se dirigió a su habitación, dándole las buenas noches.

Sam se quedó solo en el cuarto. La novedad de la nieve y del misterio de aquella casa solitaria parecían haber perdido todos sus alicientes. Igual que había desaparecido el ardor que había sentido hasta entonces. Ahora tenía frío, malhumor y malestar. Y una noche larga y desagradable por delante.

Subió las escaleras. Hacía un frío horrible. Entró en su dormitorio.

Nunca usaba pijama para dormir, pero, esa noche, lo echó de menos. Se echó un par de mantas encima y trató de no pensar en lo maravilloso que sería tener un cuerpo caliente femenino acurrucado a su lado.

Cayó dormido enseguida, de puro cansancio, pero se despertó a los pocos minutos.

Estuvo así un buen rato en estado de duermevela. Los sueños lo atormentaban. El viento implacable sacudía las ventanas y parecía aullar en los aleros. Se incorporó y miró el móvil. Eran solo las dos de la noche. El frío le calaba los huesos.

Dejó pasar otra media hora, pero no conseguía conciliar el sueño. Pensó que una habitación caliente, por pequeña que fuera, sería preferible a la suya. Incluso, aunque tuviera que dormir con las piernas colgando del borde de un sofá.

Se bajó de la cama y se vistió rápidamente. Se puso unos vaqueros viejos, una camisa de franela y un par de calcetines gruesos de lana. Tomó la linterna y bajó las escaleras.

Por desgracia, la puerta de Annalise estaba herméticamente cerrada.

Entró en silencio en el cuarto de estar. Aún flotaba en el aire el olor a malvavisco quemado. No pudo evitar una sonrisa. Annalise podía ser cualquier cosa menos aburrida.

Se agachó junto a la chimenea y metió un periódico viejo en medio de las brasas prácticamente apagadas. Cuando apareció una pequeña llama, la avivó con un viejo fuelle medio roto. Añadió un tronco al fuego, se reincorporó y estiró los brazos. Echó una ojeada al sofá y luego al resto del cuarto con aire pensativo. Decidió usar la silla de cuero y el puf donde había estado antes apoyando los pies. Acercó ambos a la chimenea y extendió una manta, dispuesto a pasar allí lo que quedaba de noche.

Notó que los párpados empezaban a pesarle mientras las llamas parecían bailar una danza salvaje. Estaba ya casi dormido cuando oyó una voz femenina a un par de metros detrás de él.

—¡Por todos los santos! ¿Qué estás haciendo aquí? Me has dado un susto de muerte. Pensé que se nos había metido un animal en casa.

—No podía dormir. Esa habitación del segundo piso es tan fría y lúgubre como un depósito de cadáveres. Pensé que no te asustarías si me bajaba aquí a dormir –dijo él.

Apartó la manta, se puso de pie y se volvió hacia ella. Sintió entonces un verdadero sobresalto al verla. Llevaba una lencería de encaje negro y un vaporoso salto de cama de seda carmesí que marcaban las sinuosas curvas de su cuerpo.

Se frotó los ojos con las manos y bostezó, aprovechando la ocasión para tragar el nudo que tenía en la garganta. Tenía delante a una diosa de una belleza extraordinaria.

Llevaba por encima una bata muy fina de manga larga, abierta por la mitad, que apenas ocultaba nada. Iba calzada con unas zapatillas negras de raso, bordadas con ribetes de hilo rojo y dorado con pequeños motivos de flores y pájaros.

La razón de que él pudiera describir su calzado con tanto detalle era solo por el esfuerzo que estaba haciendo para no mirarle los pechos.

Cuando levantó la vista finalmente, vio que ella lo estaba mirando con cara de curiosidad.

–¿Qué? –exclamó él extrañado.

–Estoy acostumbrada a verte con traje y corbata, e incluso con esmoquin. Pero no me hago a la idea de verte con ese aspecto informal que tienes ahora.

Él podría estar medio dormido, pero sabía reconocer el interés de una mujer solo mirándola a los ojos. Se acercó a ella.

–¿Entran a menudo animales en la casa de Wolff Mountain? –preguntó él.

–Una vez entró un oso –Sam se acercaba a ella

cada vez–. Eres insufrible. ¿No te lo había dicho nadie?

Sin sus tacones habituales de ocho centímetros parecía mucho más pequeña… y frágil.

–Sí, tú, una docena de veces –dijo él, mirándole los labios carnosos y húmedos.

Le puso las manos en los hombros para ver su reacción, aun a riesgo de recibir una bofetada.

Parecía cansada. Su maravilloso pelo negro y brillante le caía casi hasta la cintura.

–¿Qué te propones? –preguntó ella con la voz apagada.

–Voy a besarte.

Sus ojos brillaron todo lo grandes que eran, pero, aparte de eso, permaneció callada e impasible. Él no sabía si aquello sería solo una trampa.

Quería que fuera ella la que diera el primer paso. Pero eso no iba a suceder por culpa de ese recuerdo del pasado que se interponía entre ellos como un obstáculo infranqueable.

Inclinó la cabeza y le pasó los labios por el cuello, aspirando su aroma. Un olor genuinamente femenino e inolvidable. Le deslizó las manos por los brazos, la cintura y el trasero. Tenía una carne firme y dura, y una piel suave y elástica. Todo en ella era muy sexy.

Nunca la había visto tan sumisa. Y eso le preocupaba. Se echó hacia atrás para mirarla a la cara.

–Tócame –suplicó él–. Por favor.

Como si sus palabras hubieran roto algún hechizo misterioso, ella comenzó a moverse. Con un leve

susurro, le pasó un brazo por el cuello y juntó boca con la suya. Luego metió la otra mano por d bajo de la camisa y le acarició el pecho. Él sintió como si su mano fuera de fuego y le abrasase la piel. Habían pasado muchos años desde su primer y único beso, pero aún recordaba su sabor. Exploró con la lengua cada uno de los dulces rincones de su boca, enredándola luego con la suya, entre suspiros y jadeos.

No podía ocultar su erección. Cuando apretó las caderas contra su vientre, ella emitió un gemido que avivó aún más su deseo. Le quitó la bata y la dejó caer al suelo. Luego la agarró por el trasero, levantándola en vilo, y se dirigió con ella a la silla que había junto al fuego. Se sentó, poniéndola en su regazo, e, inclinándola a un lado, la besó con pasión.

Ella le devolvió el beso, mientras él le recorría el cuerpo con las manos. Una cintura estrecha, ur cuello delicado de cisne, un vientre terso y suav mente curvado, unos pezones que pedían ser lan dos, pellizcados, aliviados a besos. Le levantó el s to de cama y le acarició las piernas, deleitánd con la suavidad de su piel.

Cuando llegó a la altura de los muslos, Ann le sujetó con las manos, impidiéndole seguir.

—Para —dijo ella con voz ahogada pero firm

Él se detuvo, muy a su pesar. Cada nervio célula de su cuerpo ardían por ella.

—Te deseo, princesa. No sabes cuánto.

Hubo un momento de vacilación. Luego pente, ella se levantó y lo miró fijamente

brazos en jarras. Él, entonces, se puso también de pie.

—No te acerques más —exclamó ella, levantando una mano.

—Dime, princesa. Dime lo que deseas.

Sus ojos tenían una expresión trágica, su color azul parecía ahora casi gris. Ella comenzó a hablar, pero se detuvo y tragó saliva. Parecía como si estuviera haciendo un gran esfuerzo por mantener la integridad y no romperse en mil pedazos, imposibles de recomponer luego.

—¿Tenías esto ya planeado cuando me invitaste a venir aquí este fin de semana?

—No —replicó él en un susurro, mirando al fuego que crepitaba detrás de ella, y luego añadió con más fuerza, mirándola a los ojos—: No.

—Sé que estamos atrapados por la nieve, Sam, pero estoy segura de que podrías pasar sin sexo por un día. No pienso ser la aventura de una noche.

—¡Maldita sea! —dijo él fuera de sí—. Tú eres algo muy especial para mí. ¿Estás acaso ciega para no darte cuenta?

La estrechó entre sus brazos de nuevo y ella ahora no protestó. Pero la mujer ardiente que había tenido abrazada hacía un instante se había convertido en una estatua de hielo. La besó una y otra vez con besos tiernos y embriagadores. Pero todo lo que consiguió fue sentirse más miserable.

La soltó y dio un paso atrás.

—Me he sentido atraído por ti toda la vida, pero a diferencia de edad y las circunstancias constituye-

ron siempre un obstáculo entre nosotros. Ahora estamos aquí solos, sabe Dios por cuánto tiempo. ¿No vas a darme una oportunidad para recuperar tu confianza? Por favor.

–Vine aquí a trabajar para tus abuelos. Nada de esto debería haber sucedido.

–Pero ha sucedido –replicó Sam muy serio–. Y tú también participaste en ello. Así que no finjas conmigo, Annalise. Los dos nos dejamos abrasar en el mismo fuego.

Annalise nunca se había sentido tan molesta consigo misma, ni siquiera en aquella triste ocasión en la que se puso en evidencia, arrojándose en brazos de Sam. Al menos, entonces podía haber achacado esa actitud a la inmadurez de su juventud.

Pero ahora, llevada por un impulso irracional, había puesto de manifiesto su vulnerabilidad. Había estado fingiendo durante años que odiaba a Sam, cuando la verdad era que seguía enamorada de él.

Ahora, Sam Ely estaba delante de ella. Más atractivo que nunca y ardiente de deseo. Tenía dos opciones: mantenerse firme o dejar que Sam le rompiera el corazón de nuevo.

Vistas así las cosas, la elección no parecía ofrecer ninguna duda.

Trató de recuperar la compostura, recogió la bata del suelo, se la puso y se abrochó el cinturón de seda. Luego se acercó un poco más al fuego.

–Tienes razón –dijo ella muy serena–. Me dejé arrastrar por la situación. Por un instante, pareció como si los dos compartiéramos un instinto primitivo, una especie de atracción animal.

–Ya no soy ningún muchacho de dieciocho años, Annalise. No mantengo relaciones sexuales con todas las mujeres que me encuentro por la calle y me despiertan interés. Tú has sido parte de mi vida. Eres increíblemente excitante, caliente y encantadora.

–Pasaré, de momento, eso por alto. Pero gracias por el cumplido.

–Algo ha pasado entre nosotros.

–Ahí está el quid de la cuestión, Sam. Yo no tengo tiempo ni intención de tener una relación con nadie en este momento, y mucho menos con el nieto de mi nueva clienta. Creo que tu plan era pasar aquí solo una noche, o dos a lo sumo, ¿no?

–Cambié los compromisos que tenía y ahora puedo quedarme más tiempo contigo.

–Esa no es razón para hacer una estupidez –dijo ella.

–A mí no me parece ninguna estupidez. Todo lo contrario. Me parecería maravilloso.

–Hay otras cosas en la vida además de pasarlo bien.

–¡Vamos, Annalise! ¿Desde cuándo te has vuelto tan puritana?

Él estaba contraatacando, tratando de provocarla. Pero sus palabras eran hirientes. Ella lo miró fijamente de manera escrutadora. Tenía un aspecto irresistible. En aquella casa aislada, atrapada por la nieve, le parecía el tipo de hombre capaz de dar seguridad a una mujer.

Pero ella no necesitaba un guardián. Había crecido en un mundo de hombres y se había hecho fuerte y capaz de dirigir su destino. Aunque se sentía perdida cuando trataba de comprender qué cosas debía tener una mujer para conseguir atraer a un hombre y retenerlo toda la vida.

—No soy una puritana. Me encanta el sexo.

—Pues demuéstramelo.

—¡No me lo puedo creer, Sam! ¡A tu edad y diciendo esas cosas tan infantiles!

Él esbozó una sonrisa, mostrando la blancura de sus dientes inmaculados. Ella, al verlo, sintió como si se le derritieran los huesos. Se sintió atrapada entre dos fuegos cuando él avanzó hacia ella. Por detrás, las llamas de la chimenea. Por delante, el fuego de la pasión de Sam.

—Bésame otra vez, querida —dijo él, estrechándola entre los brazos y susurrando palabras cariñosas sin sentido mientras la besaba locamente.

¿Cómo podía ordenar las ideas cuando sentía sus manos acariciándole los pechos? Sin embargo, deseaba que siguiera besándola.

Él le puso uno de sus muslos largos y duros entre las piernas. Ella, al sentir aquella presión en su zona más íntima, decidió echar por la borda la última gota de autocontrol que le quedaba.

—¿Sam? —dijo ella, echando la cabeza hacia atrás unos centímetros.

Él aprovechó esa posición para tomar un pezón bajo la seda de la bata y llevárselo a la boca y mordisquearlo.

–¡Sam!

Su gemido casi lastimero lo enardeció. Sam tenía la cara sofocada y la camisa descolocada por el afán de ella de tocarle el pecho. Su única obsesión era satisfacer su deseo carnal.

–¿Qué? –gruñó él, sin poder ocultar su impaciencia sexual.

–Tenemos que dejar una cosa clara.

Sam la soltó y se quedó mirando al suelo con aire de frustración.

–Eres la mujer más veleidosa que he conocido. ¡Decídete! ¡Maldita sea! ¿Me deseas o no?

–No me hables así –dijo ella, dándole unos toquecitos en la cabeza con los nudillos–. Tú empezaste esta locura. Sí, te deseo. Pero solo mientras estés en esta casa. ¿De acuerdo?

Él alzó entonces la vista y la miró con ojos diabólicos. Ella casi llegó a sentir miedo. Tenía delante a un hombre que estaba en el extremo de una cuerda que ya no daba más de sí.

–¿No tienes otro momento mejor que este para tratar las condiciones de nuestra relación?

–No hay ninguna relación –replicó ella, muy seria–. Lo único que vamos a hacer es practicar sexo salvaje, como monos primitivos. Eso es todo. Sin condiciones, ni ataduras.

–Ataduras… –repitió él, arrugando la cara, como si tratase de descifrar su significado.

–Sí, no creo que sea tan difícil de entender lo que acabo de decir.

–Sí, Annalise, lo entiendo. Pero te juro que venderé ahora mismo mi alma al demonio si no te quitas esa bata en seguida.

–Está bien –dijo ella, pasándose la lengua por los labios.

En cierto modo, resultaba excitante tener delante a un hombre casi decidido a violarla. Afortunadamente, ella no era virgen del todo. Había tenido un triste y decepcionante encuentro con un compañero de universidad, que nunca había vuelto a repetir.

Ahora estaba allí, atrapada en esa casa con Sam. Esperó con impaciencia a que él la estrechara en sus brazos y luego la desnudara. Sentía una escozor en la parte baja del vientre.

Él la miró como un tigre mira a su presa antes de saltar sobre ella.

–Quítate el vestido.

Esas simples palabras consiguieron que la humedad aflorase entre sus muslos.

–Pensé que tú…

–Ahora, Annalise. Despacio. Hazme esperar. Provócame. Hazte desear. Martirízame.

Esas órdenes casi guturales eran algo nuevo para ella. No sabía que Sam pudiera tener esa faceta sexual tan morbosa. Pero a ella le gustaba.

Sintiendo su mirada como un hierro al rojo vivo, se quitó la bata y la dejó en una silla. Ahora no podía ya disimular más su excitación. Tenía los pezones duros y erectos. Deseaba sentir sus manos en la piel, por todo el cuerpo.

Con la sensación de estar haciendo algo ridículo, pero muy excitante, se puso una mano en un pecho y con la otra soltó los lazos del vaporoso salto de cama. Primero el de un hombro y luego el del otro. Sacó los brazos de una manera algo más torpe de lo que le hubiera gustado, pero, en el fondo, se felicitó por su valentía y atrevimiento.

Sam estaba como hipnotizado, con el cuerpo tenso y los puños apretados.

—Quiero verte los pechos. Bájate el sujetador.

Para ser una mujer a la que le gustaba llevar el control de las situaciones, se sentía sorprendentemente cómoda acatando sus órdenes. A pesar de sus exigencias arrogantes, se daba cuenta de que ella era realmente la que llevaba el timón.

Se soltó el sujetador y lo dejó caer hasta la cintura. Se oyó un gemido. ¿De él? ¿De ella? Qué más daba. Sam se quedó pasmado contemplándola. Ella era consciente de la cantidad de mujeres que habría visto desnudas, por eso, su reacción al verle los pechos, que, por otra parte, no eran nada del otro mundo, supuso para ella un gran refuerzo para su ego maltrecho.

—Aún no has terminado —dijo él, inclinando la cabeza hacia un lado y cruzándose de brazos.

Ella se sentía exótica y descarada, allí, casi desnuda, sintiendo el calor del fuego en la espalda. Ni en sus fantasías sexuales, había tenido enfrente a un hombre mirándola de esa manera.

Se puso las manos en las caderas y comenzó a moverse sinuosamente hasta que el salto de cama fue deslizándose poco a poco por los muslos y las piernas hasta caer al suelo. Lo apartó de una patada y se quitó las zapatillas de florecillas y pajaritos.

–Parece que estoy haciendo yo todo el trabajo, ¿no? –dijo ella, mirando a Sam, fascinada por el bulto tan enorme de su bragueta.

Sam tragó saliva, consciente del examen del que estaba siendo objeto.

–¿Me deseas, Annalise?

Ahora tenía la ocasión de vengarse de él y desterrar, de una vez por todas, aquel recuerdo infame de su rechazo. Todo lo que tenía que hacer era salir del cuarto y dejarlo allí plantado.

La probabilidad de volver a tener otra oportunidad igual sería la misma que la de poder servir el té a la reina de Inglaterra.

–Sí –respondió ella–. Creo que sí. ¿Prefieres en tu habitación o en la mía? ¿O Se te ocurre alguna idea mejor?

–Claro que sí, princesa.

Sam dirigió una larga mirada a su cuerpo desnudo y se dirigió luego a un armario empotrado del cuarto del que sacó una manta, varios colchas afganas y un viejo edredón descolorido.

Mientras Annalise observaba todos los preparativos con una sonrisa capciosa, él improvisó un lecho junto a la chimenea y luego echó un par de troncos a las brasas de la chimenea hasta que el fuego volvió a adquirir un color rojo vivo.

Annalise se acercó entonces a él con una mirada desafiante.

–Sam, pon las manos en los bolsillos de atrás.

–Como tú quieras, cariño. Estoy deseando entrar en ese infierno tuyo de tentación.

–No tengas prisa. Ya entraremos allí –le prometió ella.

Le desabrochó los botones de la camisa con manos temblorosas. Hacía un par de años, había pasado seis meses en Europa recorriendo todos los museos más importantes, pero no había visto un cuadro o una escultura que pudiera rivalizar con él. Tenía una musculatura lisa y dura bajo una piel dorada. Un fino reguero de pelo castaño oscuro le surcaba el torso hasta la zona del pubis.

Sam la agarró del pelo y la atrajo hacia sí para besarla.

–¡No puedo aguantar más, cariño! ¡Me haces arder de deseo!

La besó con pasión de forma salvaje en la boca y en el cuello. Ella deseaba tenerlo desnudo igual que ella estaba. Pero cuando trató de abrirle la bragueta, él le agarró las muñecas con una mano y se las puso en la espalda.

Ella hubiera podido soltarse si hubiera querido, pero no lo hizo.

–Por favor, Sam –susurró ella suplicante–. Deseo tocarte.

De mala gana, él la soltó y se quitó finalmente los vaqueros y los calcetines. Su miembro emergió anhelante e impaciente, pleno de belleza, tanto en sus dimensiones como en su poderosa erección. Cuanto ella más lo miraba, más grande se hacía.

–Sam Ely –exclamó ella, con voz casi virginal–. Eres un auténtico pura sangre.

Él la tomó entonces en brazos y la depositó suavemente en el improvisado lecho.

–No sé cuánto voy a resistir. Me has llevado casi al borde del límite –dijo él, y luego añadió con cara de contrariedad–: ¡Maldita sea! Tengo que subir arriba a por los preservativos.

–Sé que debemos tomar precauciones pero, no te preocupes, estoy tomando la píldora.

Y, sin mediar más palabras, ella tomó su miembro con la mano, comprobando su calor y su firmeza. Si los artistas construyeran esculturas con cuerpos como el de Sam, los museos estarían, sin duda, mucho más concurridos, pensó ella.

Él cerró los ojos, embriagado por la caricia de sus dedos, suaves y sedosos.

Ella comenzó acariciándolo tímidamente, sintiendo su dureza y rigidez. Le dio la impresión de tener en la mano un tubo de acero caliente forrado de raso. Pero, a los pocos segundos, oyó un gemido y sintió un líquido cálido resbalándole entre los dedos, derramándose por su vientre.

–Annalise, lo siento. Intentémoslo de nuevo.

Con mucha naturalidad, Sam usó una esquina de la colcha para limpiarle a ella y luego limpiarse él. Ella se sintió avergonzada. No estaba acostumbrada a esas muestras de intimidad. Pero su ternura le encantó y acabó desarmándola.

A pesar de todo, su miembro seguía igual de erecto. Sin duda, estaba listo para continuar. Pero, en lugar de colocarse encima de ella, se puso de rodillas entre sus piernas y sonrió con esa sonrisa que podría derretir a la mujer más frígida.

–No digas nada.

–Parece que lo tienes todo bajo control –dijo ella–. Adelante, haz lo que quieras.

Él se acopló entre sus muslos para poder acceder mejor al sitio que deseaba.

Annalise cerró los ojos. Se había pasado toda la vida protegiendo sus emociones más íntimas. Solo una vez se había atrevido a abrir su corazón y el hombre que tenía ahora entre los muslos se lo había roto. No estaba segura de poder separar el placer sexual de otra emoción mucho más profunda. Una cosa era dejarle ver lo mucho que lo deseaba y otra muy distinta confesarle que nunca había dejado de amarlo.

Al sentir sus labios deslizándose por su vientre, apretó los puños por debajo de la colcha, buscando algo a lo que aferrarse. Pero todos sus pensamientos quedaron bloqueados cuando Sam usó los pulgares para separar los pliegues de las carnosidades de su sexo y se abrió paso con la lengua entre ellos para acceder a su punto más erógeno. Lo lamió con suma delicadeza hasta conseguir transportarla a otro mundo.

Ella, dejándose llevar, soltó las manos de la colcha y las llevó a la cabeza de Sam, disfrutando del contacto de su pelo espeso y sedoso.

Él empleó entonces los dedos, introduciéndolos dentro de ella y acariciándola muy lentamente.

–¡Para! –exclamó ella con un leve suspiro–. Así, no. Te quiero dentro de mí.

–Como quieras, Annalise –dijo él, poniéndose sobre ella, con una mano a cada lado.

Sam le abrió las piernas un poco más con las rodillas y penetró suavemente en su sexo húmedo y anhelante, iniciando luego unos empujes cada vez más firmes y profundos.

–¡Sam! ¡Oh, Sam! –susurró ella con los ojos cerrados y la respiración entrecortada.

¿Cuántas veces había soñado con ese momento? Sintió un ardor en la garganta y un extraño picor en los ojos. Todo era perfecto. El momento de saciar su deseo estaba próximo. Lo amaba tan locamente que sentía un dolor oprimiéndole el pecho por no atreverse a decírselo.

Sam incrementó el ritmo, moviendo las caderas de forma desenfrenada para conseguir llegar a las zonas más profundas e íntimas de su cuerpo. Y de su alma.

Loca de placer, le hincó las uñas en los hombros y envolvió las piernas alrededor de su cintura. Él metió la mano por debajo de la cadera para un último empuje frenético.

Annalise sintió entonces una explosión dentro de ella. Una liberación física. Fue una sensación tan profunda que perdió por unos instantes la noción de la realidad en medio de la vorágine.

Oyó gritar luego a Sam y, un instante después, se

dejó caer sobre ella, quedando abrazados los dos. No había lugar para las palabras. Nada parecía real. Ni siquiera el hombre fuerte y poderoso que la aplastaba dulcemente con su piel caliente y su cuerpo escultural.

Una sensación de pánico se apoderó de ella, al oír el tictac del reloj de la chimenea. ¿Qué había hecho? Le había llevado años recuperarse de su decepción. Pero, a pesar de toda su hostilidad, lo que había ocurrido ahora, de forma inesperada e increíblemente maravillosa, revelaba una verdad incontestable: seguía enamorada de Sam Ely igual que entonces.

Capítulo Cuatro

La electricidad volvió poco antes de las primeras luces de la madrugada. Annalise bostezó, confusa.

Se permitió disfrutar, unos minutos más, de la encantadora experiencia de estar durmiendo con un hombre. Estaba acurrucada a su lado con una pierna sobre sus caderas y la cara apoyada en su pecho. En algún momento, durante la noche, él había echado una manta encima.

Últimamente, había pasado bastante tiempo en Wolff Mountain. Disfrutaba viendo a su familia, de vez en cuando. Trataba de pasar un rato feliz con ellos, procurando olvidar la tragedia del pasado que tan amargos recuerdos les traía. Su hermano mayor, Devlyn, había logrado apartar aquellos fantasmas con la ayuda de la dulce Gillian.

Pero a ella no le resultaba tan fácil. Sus hermanos y sus primos la querían mucho. Ella lo sabía. Y su padre y su tío, también. Pero a pesar de la buena relación que había entre todos, ella era la única mujer. ¿Cómo podía abrir su corazón a uno de sus hermanos para decirle que le asustaba la idea de no encontrar a su alma gemela y quedarse soltera? ¿Cómo podía pedirles a ellos consejos sobre cómo ser una mujer más dulce y femenina?

Afortunadamente, cuatro mujeres iban a incorporarse pronto a la familia. Gillian la primera. Pero aunque todas eran muy cariñosas, no tenía aún confianza suficiente con ellas.

Sam se revolvió en ese momento en la cama y susurró algo, dormido. Ella olvidó sus reflexiones y lo miró, una vez más, deleitándose con su perfil perfecto y su cálido olor masculino. Lo embotellaría si pudiera, para conservarlo en el futuro.

Con mucho cuidado para no despertarlo, se fue deslizando sigilosamente de sus brazos, hasta conseguir bajarse de la cama. No era de extrañar que estuviese rendido. Tenía una resistencia asombrosa. Sentía escalofríos solo con recordarlo.

Parecía el hombre perfecto. Había dicho incluso que estaba preparado para ser un padre responsable. Pero ella dudaba de que él y ella pudieran funcionar como pareja.

Tuvo que hacer un gran esfuerzo de voluntad para ponerse el salto de cama y la bata en vez de despertar a Sam y mirarlo con ojos de pasión y deseo.

Lo más sensato sería darse una ducha y luego elegir una habitación de trabajo en la que pudiera empezar a desarrollar algunas ideas.

Sam ni siquiera se movió cuando ella se acercó de puntillas a la puerta y la abrió sigilosamente. Con una última mirada nostálgica, cruzó el pasillo y se metió en su habitación.

***

Sam esperó hasta que oyó cerrarse la puerta. Suspiró entonces profundamente y se dio la vuelta en la cama. Se había despertado mientras Annalise se estaba vistiendo. Se frotó los ojos, con cara de sueño. La noche anterior le había dejado extenuado. Sin embargo, la había sentido acurrucada a su lado hacía unos instantes y había albergado la esperanza de un despertar con sexo. Pero, a juzgar por su comportamiento de hacía un minuto, comprendía que ella no tenía ningún interés en ello. Se sintió decepcionado. Siempre había sido un hombre muy seguro de sí, pero ahora se sentía molesto y desorientado, sin saber cómo enfocar el día con ella.

Se bajó de la cama, desnudo. No se sorprendió al ver que mantenía la erección de la noche anterior. Annalise, a pesar de su temperamento voluble y del rencor que parecía guardarle, conseguía despertarle la libido como ninguna otra mujer. La encontraba muy hermosa. Y aún más cuando se ponía furiosa y discutía con él acaloradamente.

Después de una larga ducha con agua caliente, se vistió rápidamente y se asomó a la ventana. Seguía nevando. Continuaban atrapados. Por un lado, eso le brindaba una buena excusa para pasar más tiempo con Annalise. Pero, por otro, si ella seguía tan irritable después de hacer el amor, su convivencia iba a resultar insoportable.

Cuando bajó las escaleras de nuevo, encontró una taza vacía y un bol de cereales en el lavavajillas. Sin duda, Annalise acababa de desayunar. Afortunadamente, la cafetera aún estaba caliente y desprendía un olor maravilloso. Después de dos tazas de café, se sintió más despierto.

Tenía mucho trabajo que hacer y además debía ponerse en contacto con la oficina. Pero, en ese momento, en lo único que pensaba era en saber dónde se había metido Annalise.

No le resultó difícil localizarla. Estaba trabajando con su iPhone en la parte trasera de la casa. Tenía música puesta. Se guio por el sonido para llegar adonde estaba. Era la biblioteca, aunque su abuelo había instalado allí una vieja mesa de billar.

Se encontró a Annalise subida a una escalera sacando fotos de una intrincada moldura del techo.

Miró alarmado los peldaños de madera carcomida.

–¿Qué demonios estás haciendo, Annalise?

Ella se quedó inmóvil un instante y luego volvió la cabeza lentamente.

–Encuentro todo esto fascinante. Voy a enviarle estas fotos a un amigo especializado en este tipo de cosas para que me dé su opinión –dijo ella, dejando el iPhone, que había utilizado para sacar las fotos, en la parte superior de la escalera–. ¿Necesitas algo?

–¿Cuándo vas a hacer un descanso para el almuerzo? Había pensado hacer unos buenos platos de chili con tortitas de maíz.

–¿Sabes tú hacer eso?

–Claro que sí. No olvides que soy un soltero empedernido, como tú dices.

–Bien, entonces supongo que podré hacer un alto a mediodía… o un poco más tarde, si prefieres.

Sam observó con frustración cómo ella se volvió de nuevo hacia aquellas molduras que tanto parecían interesarle, sin prestarle más atención.

–Yo podría enseñarte –dijo él.

–¿Enseñarme a qué? –dijo ella, volviéndose bruscamente.

–A hacer chili. Es muy fácil, ya verás. Solo hay que poner un poco de interés.

–Me encantaría –replicó ella con una sonrisa.

Sam la miró con cara de felicidad. Parecía haber recuperado la euforia de la noche anterior.

–Nos vemos en la cocina en media hora. Confía en mí, princesa. Estarás en buenas manos.

Annalise se puso a trabajar intensamente. Sin embargo, una parte de su cerebro, la que reconocía que estaba enamorada locamente de Sam, parecía encontrar connotaciones sexuales en cada una de las frases que él decía.

«Estarás en buenas manos». ¿Habría en la frase alguna sugerencia erótica? Probablemente no. Tal vez estuviera exagerando las cosas, por el simple hecho de haber pasado la noche con él.

Se dirigió pensativa a la cocina a la hora convenida. Sam giró la cabeza, nada más verla entrar.

–¡Ah, ya estás aquí! Estaba a punto de empezar. Ven a vigilar la carne.

Ella se quedó como flotando, sin recordar qué estaba haciendo allí en la cocina. Sam estaba terriblemente sexy.

Le costaba trabajo acostumbrarse a su nuevo look. Durante años, había visto a Sam Ely como al arquitecto elegante y atractivo. Pero ahora, con la camisa de franela, no sabía a qué atenerse con él. Por una parte, era cálido, atento y considerado. Pero, por otra, era casi tan peligroso como un oso pardo tomando el sol.

Un movimiento en falso y caería sobre ella. Tenía que estar preparada.

–Enséñame lo que tengo que hacer.

Sam dio un paso atrás y le dio la cuchara de madera que tenía en la mano.

–Revuelve esto de vez en cuando para que no se pegue ni se formen grumos. Cuando la carne haya perdido ese tono rosa, puedes retirar la sartén del fuego –dijo él, colocándose detrás de ella y rodeándola con los brazos para guiar sus movimientos con la mano–. Así, lo ves. Muy bien, sigue removiendo despacio.

Ella, con los ojos cerrados, se puso a dar vueltas con la cuchara como un autómata. Percibía el calor de su aliento en la nuca y le temblaban las manos. Sintió deseos de tirar la cuchara, darse la vuelta y besarlo, pero consiguió controlarse.

–Estupendo, ¿ves qué fácil? –dijo él al oído, soltándole la mano.

Ella vio por el rabillo del ojo cómo se apartaba de ella y se dirigía a la encimera para abrir una lata de salsa de tomate.

De repente, se dio cuenta de que la sartén estaba chisporroteando con más fuerza que antes.

–¿Sam?

Casi al mismo tiempo que pronunciaba su nombre, el aceite comenzó a saltar de la sartén, salpicándola en un brazo. Soltó un grito de dolor y tiró la cuchara instintivamente.

Sam le agarró de la muñeca y le puso el brazo debajo del grifo del agua fría. Cuando se sintió ya más aliviada de la quemadura, él apartó la sartén del fuego y apagó la vitrocerámica.

–¿Estás bien? –le preguntó.

–Sí, no ha sido nada. Siento haber reaccionado de forma tan tonta.

–Ha sido culpa mía por no haber estado pendiente y bajar el fuego a tiempo.

–Te dije que era una inútil en la cocina –replicó ella a punto de echarse a llorar.

Él inclinó la cabeza y la miró fijamente con sus ojos color whisky.

–Eso no debe preocuparte, Annalise. Tienes dinero para contratar a alguien que cocine para ti.

–Ese no es el problema.

–¿Cuál es el problema entonces?

–Se supone que las mujeres debemos saber cocinar.

–¡Vamos, Annalise! Eso que dices es un estereotipo ridículo y anticuado.

–No, no lo es. Se dice que las mujeres somos iguales que los hombres, pero, a la hora de la verdad, se supone que nosotras debemos ser amables y buenas cocineras.

–Pero, Annalise, ¿oyes lo que estás diciendo? ¿No

sabes cocinar? Muy bien. ¿A quién diablos le importa eso? Y si es tan importante para ti, puedes aprender. Hay clases para todo. Pero estarías loca si pensases que eso supone alguna deficiencia para ti como mujer.

–Apostaría algo a que tanto tu madre como tu abuela son unas cocineras excelentes.

Él negó con la cabeza, disgustado, agachándose para limpiar lo que había caído al suelo.

–Me niego a seguir discutiendo de esto.

Ella aprovechó su postura para darle un pequeño puntapié en el trasero.

–Porque sabes que tengo razón. Tú has crecido con dos generaciones de mujeres que saben cuidar un jardín, guisar y hacer tartas de cumpleaños.

Sam se levantó y tiró a la basura las toallas de papel que había usado para limpiar el suelo.

–Muy bien. No sabes guisar ni regar las plantas. ¿Ese es todo tu problema?

–No exactamente. Pero creo que será mejor que lo olvides. Voy a seguir trabajando. Llámame cuando el almuerzo este listo.

–No tan deprisa –dijo él, agarrándola de la mano y estrechándola en sus brazos.

Cuando ella abrió la boca para protestar, él la cubrió con sus besos, dejando bien claro lo que deseaba. Tenía hambre, pero no pensaba saciarla con el chili precisamente.

–¿Qué estás haciendo? –dijo ella jadeante.

Él la agarró suavemente por la coleta y la mordisqueó el cuello.

–Si tienes que preguntarlo, es que estoy haciendo algo mal.

Antes de que ella pudiera decir nada, la levantó en brazos y se dirigió con ella al dormitorio.

–¡Sam! –exclamó ella, mientras la dejaba en el suelo y le acariciaba los pechos con las manos.

–Calla, no hables. Solo déjame hacer –susurró él, desnudándola con mucha consideración, pero con bastante torpeza por lo apremiante del deseo.

Fue tocando cada palmo de su piel, recreándose en cada curva. Cuando estuvo completamente desnuda, se quitó la ropa y se tendió a su lado en aquella cama antigua.

Le pasó la mano entre los muslos y encontró su sexo húmedo y preparado.

–Me vuelves loco, Annalise.

–Tú también a mí, Sam.

Se acercó a él y comenzó a acariciarle el miembro con la mano, sonriendo satisfecha al oír sus gemidos de placer y notar la magnitud de su erección. Sentía ahora el miembro de Sam cada vez más duro y grande entre sus dedos. Al menos, eso parecía estar haciéndolo bien.

–Pon la pierna encima de la mía –dijo él, con la voz apagada y una mirada de deseo.

Ella sintió al hacerlo una sensación de desprotección en aquella posición tan… abierta.

Sam ladeó el cuerpo y la penetró suavemente, agarrándole de las caderas para poder empujar más a fondo. La penetración fue menos profunda que la noche anterior, pero mucho más íntima. Ahora los dos estaban cara a cara, mezclando sus respiraciones y sus gemidos.

–Me gusta verte así –dijo él.

–¿Así, cómo?

–Relajada. Sumisa.

–Créeme –replicó ella, dando un pequeño grito al sentir cómo le rozaba en su punto más sensible–. Estoy cualquier cosa menos relajada.

Sam tenía el brazo izquierdo debajo de su cabeza. Se apoyó en él y le acarició un pezón con la otra mano, añadiendo así más leña al fuego que ella tenía ya entre las piernas.

–Lo estarás –replicó él.

Ella apretó los músculos internos tratando de tomar alguna iniciativa.

–Enséñame –dijo ella en un susurro con voz atrevida y desafiante.

Sam se apretó contra ella, hasta que los dos cuerpos sudorosos parecieron fundirse en uno solo.

–Ahora, princesa. Déjate ir…

Que él pudiera controlar a voluntad el momento del clímax de ella le parecía excitante e increíble. Sintió como si alcanzase una cumbre y luego cayese a toda velocidad. Todos sus sentidos parecieron aliarse para intensificar el placer del momento.

Unos instantes después, sintió dos empujes desesperados de Sam y luego unas convulsiones.

–Cariño –murmuró él, jadeante–. Me vas a matar antes de que acabe el fin de semana.

Annalise anotó esas palabras en el manual de su aprendizaje postcoital. Hasta la fecha, su currículum en materia sexual apenas tenía unas líneas. Tal vez, él estuviera exagerando para poder hacer el amor con ella otra vez más tarde.

Pero se sentía orgullosa de haber podido satisfacerlo sexualmente. Momentos después, vio con pesar cómo él se apartaba, rompiendo esa maravillosa sensación de unión a la que tan poco estaba acostumbrada.

Sam trató de compensarla, acurrucándose a su lado con un mano en sus pechos y besándola tiernamente en el cuello. Ella, de espaldas a él, se permitió una sonrisa enigmática de ensoñación aprovechando que él no podía verle el rostro.

Tampoco ella podía decir si él se había quedado dormido o estaba absorto en sus pensamientos.

Cuando, por fin, habló con voz somnolienta, sus palabras resultaron bastante inesperadas.

—Dime, Annalise, ¿qué recuerdas de tu madre después de todos estos años?

—Muy poco. Yo era muy joven cuando murió. La mayoría de los recuerdos que guardo de ella son fotografías o cosas que mis hermanos me dijeron. Mi padre nunca me habló de ella.

—Debiste echarla mucho de menos —dijo él.

—Ya casi ni me acuerdo —insistió ella, encogiéndose de hombros, pero apretando con todas sus fuerzas la sábana de la cama.

Sam sabía que debía dar por zanjada aquella conversación, pero deseaba ardientemente conocer mejor a Annalise. Saber las cosas que le preocupaban.

—La ausencia no es igual que la muerte —dijo él en voz baja–. Pero cuando mi madre se separó de mi padre y me llevó con ella a Alabama, tuve la misma sensación que si él se hubiera muerto. Lo echaba de menos. Siempre pensaba que iba a venir a taparme por la noche y a contarme un cuento. Estuve enfadado mucho tiempo. Me portaba mal en el colegio y hacía sufrir a mi madre. Pero al final tuve que adaptarme.

—Lo siento, Sam —replicó ella, volviendo la cabeza y besándolo tiernamente en el brazo.

—Yo sabía que tenían problemas, pero no los entendía. Y aún sigo sin entenderlos. De hecho, ninguno de los dos se ha vuelto a casar.

—Entonces, ¿por qué se separaron?

—No tengo ni idea. Lo que sí sé es que yo no haría eso nunca con mis hijos. Por eso quiero tener una familia de verdad. Si mis padres hubieran permanecido juntos, yo podría haber tenido la oportunidad de tener hermanos, como tú.

—Mis hermanos y mis primos lo son todo para mí —dijo Annalise, suspirando–. No me puedo imaginar la vida sin ellos. Reñimos y nos peleamos a veces. Incluso ahora de adultos. Pero sé que puedo contar siempre con su apoyo. Debe ser muy triste ser hijo único.

—En cierto modo, sí… Bien, se suponía que esta conversación no giraba sobre mí. Solo trataba de decirte que yo también he pasado por experiencias similares a las tuyas. Yo eché de menos a mi padre igual que tú echaste de menos a tu madre.

–No fue una gran pérdida –dijo ella con indiferencia–. Mi madre no era una buena persona.

Sam sintió un escalofrío al oír la frialdad con que había pronunciado esas palabras. Imaginó que, bajo esa ausencia de emoción, se debía esconder un gran dolor.

Annalise se incorporó en la cama, tapándose con el edredón.

–Tengo que volver a mi trabajo. Por favor, avísame cuando el almuerzo esté listo –dijo ella, entrando luego en el cuarto de baño.

¡Estúpido, más que estúpido!, se dijo él. Tocar los resortes emocionales de Annalise había sido la idea más estúpida que había tenido en mucho tiempo. Él había estado en Wolff Castle las veces suficientes como para saber que nadie quería hablar ni recordar la tragedia que había sucedido en aquella familia hacía años.

Nadie hablaba de los trágicos secuestros, ni de los disparos, ni del traslado en masa de toda la familia al refugio de la montaña. Era como si negando el pasado, hubieran tratado de convencerse de que nunca había ocurrido.

Empezaba a amanecer y las luces de la mañana se filtraban poco a poco por la ventana.

Pensó que podía desear de Annalise Wolff algo mucho más profundo de lo que había imaginado al principio. Podía desearlo todo de ella.

Esa idea le asustó de tal manera que saltó de la

cama y salió de la habitación con la ropa en la mano. ¿Se estaría volviendo loco? Se vistió de nuevo y fue a la cocina a ver lo que podía salvar del chili. El corazón le latía con fuerza en el pecho. No podía permitirse el lujo de tener una relación con Annalise. Si la cosa saliese mal, tendría que rendir cuentas a toda su familia.

Aún estaba a tiempo de dar marcha atrás. La información del Weather Channel que había consultado en su iPhone anunciaba un deshielo generalizado para dentro de dos días. Podría estar de vuelta en Charlottesville a tiempo para cenar el lunes por la noche en su casa.

El sexo con Annalise había sido maravilloso. Posiblemente, el mejor de su vida. Pero había demasiados obstáculos que se interponían entre ellos. Y no estaba seguro de que valiese la pena.

El almuerzo se hizo incómodo y eterno. Annalise se pasó el rato dando vueltas a su chili, a pesar de que dijo, con mucha educación y cortesía, que estaba delicioso.

Sam devoró su plato y luego se sirvió otro. Cuando terminaron, Annalise se ofreció a ayudarle a recoger y a limpiar, pero él se negó. Sintió una punzada en el estómago cuando ella lo miró con los ojos llenos de emoción contenida. Se volvió hacia el fregadero y contuvo la respiración hasta que la oyó salir.

Dos horas después, Sam mantuvo una multiconferencia telefónica con los tres jóvenes empleados de su oficina para coordinar los asuntos más urgentes.

Cuando colgó se sintió molesto y frustrado. Deseaba volver a hacer el amor con ella.

La encontró en la misma habitación de antes, apoyada en la escalera, recogiendo, con una pequeña navaja, una muestra de una esquina del papel pintado.

Ella no se dignó siquiera alzar la vista cuando entró. Siguió absorta en su trabajo, como si estuviera a punto de descubrir los secretos de la piedra de Rosetta.

—¿Qué estás haciendo ahora? —preguntó él, tratando de demostrar interés por su trabajo.

—Intentando determinar el número de capas de papel que hay debajo. Es posible que las más profundas puedan darnos una idea sobre el color a utilizar en la restauración.

—Ya sabes que mi abuela tampoco quiere que quede exactamente igual que antes. Solo quiere que la decoración esté en consonancia con la época de la casa original. Ni siquiera le va a obligar a mi abuelo a deshacerse de esta mesa de billar —dijo él con una sonrisa, y luego añadió, sacando una bola de una de las troneras y haciéndola rodar por el tapete—: Aprendí a jugar al billar cuando tenía diez años. El abuelo no se andaba con miramientos conmigo. Tardé cuatro veranos en conseguir ganarle la primera partida.

Annalise sonrió levemente al oír la historia y giró ahora la cabeza dispuesta a prestarle atención.

–Yo aprendí con ocho años. Y, a los nueve, les ganaba ya a Devlyn y a Gareth.

–¿De veras?

–Sí, soy toda una campeona del billar. Puedo demostrártelo.

–¿No tenías un trabajo muy importante que hacer? –dijo él, con una sonrisa.

–¿Qué te pasa? ¿Tienes miedo? –replicó ella, bajando los peldaños de la escalera.

Él la miró con los ojos entornados.

–¿Qué nos apostamos?

–No me gustaría dejarte sin blanca –dijo ella con un cierto aire de superioridad.

–¿Qué te parece mil dólares?

Eso la hizo parpadear. Pero recuperó en seguida la expresión de desdén e indiferencia.

–Que sean diez mil. Los donaré para la construcción de la nueva escuela.

–¿Y si gano yo?

–¿Qué quieres?

Sam la miró de arriba abajo, preso de una gran excitación sexual. Ella era lo que deseaba.

–Me gustaría llevarte a cenar –respondió él, apoyado en el marco de la puerta–. Algún sitio agradable. Manteles de lino, rosas en jarrones de cristal, iluminación suave…

–Ya te dije que no me gustan esas cosas románticas.

–No se trata de nada romántico, sino tan solo de una cena civilizada entre amigos.

–Está bien, pero no en Charlottesville. No quiero que nadie nos vea juntos y saque una idea equivocada.

—Annalise, los dos somos adultos. No tenemos que escondernos de nadie. Si queremos tener una cita, es asunto nuestro.

Ella se mordió el labio inferior y lo miró con cara de mal humor.

—¿Una cita? ¿Otra vez con lo de las aventuras románticas? Ya te he dicho que…

—A todas las mujeres le gustan las aventuras románticas. Pero eso depende mucho del hombre que tengan al lado. No te preocupes, cariño, yo soy muy sutil para estas cosas.

—Está bien, acepto la apuesta. Pero la cena solamente, ¿eh? Después cada uno a su casa.

—Me ofendes —exclamó él, levantando las manos—. Nunca intentaría seducirte sin tu permiso.

—¿Mi permiso? Ya puedes esperarlo sentado en el infierno.

Sam se puso tenso. Annalise estaba tratando de provocarlo, sin duda alguna. Y lo hacía muy bien. El problema era que estaba convencido de que lo hacía de forma instintiva, sin ser consciente del efecto que su descaro y sus palabras le producían.

Sin esperar su invitación, ella comenzó a sacar las bolas de las troneras y a colocarlas en la mesa.

—¿Quién empieza? —preguntó él.

—Lo echaremos a suertes —dijo ella, lanzando una moneda al aire—. ¿Qué eliges?

—Cara.

—Lo siento. Ha salido cruz —dijo ella sonriendo.

Cuando la vio inclinarse sobre la mesa para dar el primer golpe, comprendió que verla con esas posturas le iba a desconcentrar.

Annalise golpeó la bola blanca con tal fuerza que todas las bolas salieron despedidas por la mesa y tres de las rayadas entraron directamente en las troneras con una precisión y maestría que dejó a Sam perplejo.

Luego comenzó a meter bola tras bola, dirigiendo a Sam, de vez en cuando, una leve sonrisa por encima del hombro. Cuando no quedó en la mesa más que la bola blanca, se encogió de hombros, extendió los brazos y alzó una ceja.

—Su turno, señor Ely.

Sam tomó su taco. Consiguió un buen golpe de apertura, metiendo dos bolas en las troneras. Fue acertando una bola tras otra, pero al llegar a la última, cometió el error de mirar a su rival con una sonrisa de triunfo. El orgullo le jugó una mala pasada y erró el golpe, teniendo que ver humillado cómo ella terminaba la partida, victoriosa.

Se hizo un silencio tenso y expectante.

Ella dejó el taco en el soporte de la pared y se apartó la coleta del pelo por detrás del hombro.

—No está mal para una persona mayor. Pero veo que estás perdiendo facultades.

—¿No te ha enseñado nadie que una mujer debe dejar ganar siempre a su chico? —dijo él a modo de broma—. Desde luego, tengo que admitir que juegas muy bien. En todo caso, no me gusta perder, así que espero que otro día me des la revancha.

Ella se había apartado unos pasos y estaba jugando distraídamente con la libreta de notas que había estado utilizando antes. Él la agarró del brazo para que le mirara a la cara y entonces comprendió que le había ofendido su comentario.

–Yo… Era una broma. ¿No lo comprendes? –dijo él, acariciándole las mejillas–. Ningún hombre que se precie querría que una mujer se dejara ganar por él.

–Te sorprenderías –susurró ella, conteniendo un par de lágrimas a punto de brotarle de los ojos.

–No me digas que los Wolff, esos salvajes de tu familia, eran capaces de…

–No, ellos no. Mi padre y mi tío Vic solían darme cinco dólares cada vez que le ganaba a uno de mis hermanos o mis primos. A ellos no les gustaba que los ganase pero les servía de acicate para mejorar su juego. Por desgracia, cuando me fui a la universidad, nadie me dijo que las reglas habían cambiado.

–¿Qué quieres decir?

–En mi primera semana en el campus, me invitaron a una fiesta con otras chicas. En la casa, había una mesa de billar. Uno de los chicos se ofreció a enseñarme a jugar… Supongo que para presumir ante sus amigos.

–Déjame adivinar. Le ganaste, ¿verdad?

–Tres partidas seguidas. Reconozco que, tal vez, fui demasiado arrogante en esa ocasión –dijo ella con tristeza, lamentándolo–. Me llamó marimacho. Todos se echaron a reír.

–¡Qué estupidez! –exclamó él, estrechándola en

sus brazos, pero sintiéndola rígida y tensa como una tabla–. Seguro que ese chico estaba pensando con otra cosa que con el cerebro y tú le dejaste en evidencia. Por eso te dijo eso. Por despecho. Pero no fue culpa tuya. Deberías estar orgullosa de tu talento.

Ella pareció relajarse lo suficiente como para apoyar la cabeza en su hombro.

–No creo que tenga tanto talento. Es solo que siempre he tenido un don especial para la geometría. Para ver los ángulos y los espacios.

–Debes sentirte orgullosa de quien eres. Eres una Wolff de pura raza. Una mujer única.

–A veces, eso es sinónimo de soledad –dijo en voz baja.

Sam se quedó sorprendido al darse cuenta de que, por primera vez, ella estaba confiando en él lo suficiente como para abrirle su corazón.

–¿Y qué me dices de tus cuñadas?

–Son todas muy agradables. Pero no tenemos muchas cosas en común. Las cuatro son muy femeninas. Gracie está embarazada y con un cutis espléndido. Olivia ya tiene una hija y es una madre maravillosa. Gillian da clases en una escuela infantil y adora a los niños. Y de Ariel… ¿qué quieres que te diga? La revista *People* la nombró la mujer más dulce y atractiva de la pequeña pantalla.

–Creo que me estoy perdiendo algo. Annalise, tú eres una mujer diez. Tienes una sonrisa cautivadora, unas piernas de infarto y un estilo personal que ya quisieran muchas mujeres.

–Y, sin embargo, nunca he tenido un novio formal. ¿Por qué crees que ha sido? Yo te lo diré: a los hombres no les gustan las chicas como yo. Excepto, eso sí, en la cama o como un trofeo. Sé que gusto a los hombres físicamente, pero...

–Pero, ¿qué?

Ella se apartó de él y se tapó la cara con las manos.

–Si necesito un psiquiatra, ya me pagaré uno –dijo secamente–. Tengo trabajo que hacer, Sam. Hazme un favor y déjame sola.

Él se sintió frustrado. Ella había estado a punto de abrirle el corazón pero al final se había vuelto a recluir en su caparazón.

–Está bien. Procuraré no molestarte hasta que la nieve se derrita y pueda volver a mi vida habitual. Pero esto se acabó –dijo, agarrando la escalera carcomida y arrojándola contra la pared–. Si necesitas moverte por las alturas, tendrás que pedirme ayuda –añadió con cara de satisfacción al ver cómo la escalera se rompía en mil pedazos.

Salió de la habitación dando un portazo.

Sam se puso ropa de invierno para la nieve y salió con una pala a limpiar la entrada, el porche y el sendero de los establos hasta que quedó casi agotado por el esfuerzo. Cuando volvió a la casa, percibió al entrar un aroma inconfundible que solo podía llevar el sello de la fragancia de Annalise. Un plan brillante comenzó a germinarse en su cerebro.

Capítulo Cinco

Eran casi las cinco cuando Annalise dio por terminado su trabajo esa tarde. Empezaba a oscurecer. Se estiró un poco para relajar la espalda. Había estado trabajando muchas horas.

Las cosas no pintaban bien por el momento. Estaba atrapada en aquella casa. Y, lo que era peor, condenada a convivir esos días con un hombre que le estaba trastocando los esquemas.

Le debía una disculpa, pensó ella avergonzada. Tenía que reconocer que Sam Ely era un buen tipo. Había estado haciendo todo lo posible por ser amable y comprensivo mientras que ella se había mostrado con él quisquillosa y desagradecida. ¿Por qué era tan susceptible?

Tenía que aprender a ser más tolerante y condescendiente con los demás.

Entró en su habitación para asearse. Se cepilló un poco el pelo para desenredárselo y quitarse el polvo. Sintió que le temblaban las manos al recordar a Sam en esa misma habitación. En su cama.

Pensó recogerse el pelo por detrás de la nuca, pero finalmente decidió dejárselo suelto, llevada por un estúpido atisbo de esperanza. Sintió un estremecimiento al mirarse al espejo. Con el pelo por los hombros, parecía mucho más femenina. Y vulnerable. Pero ninguna de esas cosas le hacían sentirse más cómoda y segura de sí.

Sintió un ruido en las tripas. Llevaba muchas horas sin comer nada.

Se armó de valor y se fue en busca de Sam. Al llegar a la cocina, se le hizo la boca agua al percibir un olor muy agradable. Abrió la puerta con cautela. Sam, con una cuchara de madera en la mano, se volvió al oírla. Estaba más atractivo que nunca.

–No sé lo que estás haciendo, pero huele de maravilla –dijo ella, con la esperanza de que él viese en sus palabras una disculpa tácita a su comportamiento de hacía unas horas.

–Esto está ya casi listo. ¿Qué tal si vas abriendo esa botella de vino y sacas un par de vasos?

Ella hizo lo que le dijo, sorprendida gratamente de que no la hubiera recibido con mala cara.

Sam repartió las chuletas de cerdo entre los dos platos, y echó la guarnición: *risotto* y judías verdes. Puso luego una rebanada de pan casero en cada uno.

–Ve tú delante –dijo él, llevando los platos, uno en cada mano–. Cenaremos en el cuarto de estar.

Ella, con la botella de vino en una mano y los vasos en la otra, empujó la puerta con la cadera y se quedó pasmada al ver el cuarto. Parecía de película. Sam había colocado una mesita en frente de la chimenea y había avivado el fuego, creando un ambiente cálido y acogedor. Además estaba todo decorado con las antigüedades que su abuela tenía guardadas. Había un mantel de encaje, platos de porcelana, una botella de Chianti gran reserva y una vela de cera natural.

Había colocado un jarrón de porcelana china con un ramo de flores secas de lavanda y brezo.

–¡Qué bonito lo has puesto todo! –dijo ella, dejando los vasos en la mesa con mucho cuidado.

Estaba claro que él había puesto todo de su parte para agradarla. Sin duda, trataba de hacerle ver que los detalles románticos, que ella desdeñaba, tenían también su importancia.

Sam dejó los platos en la mesa con mucha prosopopeya y sirvió el vino.

–Venga, siéntate y probemos la cena, antes de que se enfríe –dijo el, acercándole un vaso de vino.

Ella obedeció de mala gana. Estaba desconcertada. Eso no era lo que habían acordado. No quería que Sam fuera dulce y agradable con ella. No quería disfrutar de veladas agradables que luego echaría de menos cuando volviese a su vida normal.

Sam, aparentemente ajeno a todo, se puso a cenar con el apetito de un hombre hambriento, llevando, no obstante, todo el peso de la conversación.

–¿Te ha comido la lengua el gato? –exclamó él, viéndola tan callada.

–Te has tomado demasiadas molestias –dijo ella con un tono más de reproche que de agradecimiento.

–No te preocupes, querida. No lo he hecho por ti. Estaba tan deprimido después de tantas horas encerrado en este lugar que pensé que me vendría bien un toque de civilización.

—¿Tú, de mal humor? No te creo —replicó ella—. El editor de la página de sociedad de la revista de Charlottesville te llamó una vez «el jovial caballero de Virginia».

Sam levantó su copa, la miró por encima del borde y echó un buen trago.

No llevaba ahora la camisa de franela sino una camisa de vestir de color azul claro con el cuello abierto. Tenía un aspecto muy diferente del de antes.

—No sabía que fueras adicta a la prensa del corazón. Pensaba que los Wolff aborrecían ese clase de periodismo.

Ella probó un trozo de la carne y lo miró luego fijamente.

—No vivo aislada en una burbuja. Tú eres toda una celebridad en este pequeño rincón del mundo. Estoy segura de que muchas mujeres hacen cola en los quioscos para comprar esas revistas, solo para ver las fotos con tu última conquista.

—No exageres. No soy tan mujeriego como crees. No estarás celosa, ¿verdad? —dijo él sonriendo, echándose hacia atrás en la silla.

—¡Qué cosas tienes! Por supuesto que no. Seríamos una pareja horrible.

—No me parecía a mí eso la noche pasada... o esta misma mañana cuando gritabas mi nombre.

A Annalise se le atragantó la copa de vino y se puso colorada como un tomate.

–La compatibilidad sexual es solo una cuestión de hormonas. La única razón por la que acepté este acuerdo contigo fue porque estaba pasando por un pequeño período de sequía.

–¿Y era muy pertinaz esa sequía? –exclamó él sin perder la sonrisa.

–Eso a ti no te importa.

–Umm…

Sam parecía tener el don diabólico de leerle la mente. ¿Podría saber también cuánto tiempo llevaba sufriendo aquel amor no correspondido? Se moriría de vergüenza si lo supiera.

Miró al fuego solo para apartar la vista de aquellos ojos que parecían dos rayos láser.

–Recogeré los platos.

–Yo los llevaré. Tú quédate sentada –dijo él, levantándose de la mesa–. Aún falta el postre.

Volvió en unos segundos con dos copas de helado de vainilla con fresas, cubierto con un artístico copete de nata batida.

–Mi abuela congela varios kilos de fresas todos los veranos –dijo él, al ver su cara de sorpresa.

Annalise tomó la cucharilla de postre con cierto recelo. Las fresas le hacían recordar momentos felices de otros tiempos. Su infancia en Wolff Mountain había sido idílica al principio, cuando ella era demasiado joven para comprender que estaba siendo cautiva de los temores de su padre.

Al verla tan abstraída, Sam dio un golpe en el plato con la cuchara para llamar su atención.

–¿Sigues aquí, Annalise?

–Perdona, estaba recordando mis años de infancia. Lo salvaje y libre que me sentía entonces.

–Yo te envidiaba, viéndote allí tan feliz en Wolff Mountain. Seguramente, no lo recordarás, Debías de tener solo… cinco o seis años. Tus hermanos me llevaron una tarde a nadar desnudo al arroyo. Tú estabas vigilando, pero te quedaste dormida y tu padre, tu tío y mi padre nos encontraron. Nos dieron un buen tirón de orejas por haberte llevado allí con nosotros.

–Mi padre siempre fue y sigue siendo muy protector conmigo.

–Me asusta oírtelo decir. Tal vez podría darme otro tirón de orejas si me viera ahora contigo.

–Ya no tengo cinco años ni vivo en la montaña. Tengo mi propia vida.

–¿Pretendes decirme que el clan de los Wolff ya no está pendiente de ti a todas horas?

–Tienes razón. En apariencia, todos se comportan como si me dejaran libertad, pero, en realidad, tengo muy poca intimidad.

–Me has dicho que te gustaría tener tu propia casa en la montaña. ¿Cómo te gustaría que fuera?

–No lo sé. Tengo solo una imagen vaga. Un porche de entrada con muebles de mimbre donde pueda sentarme a ver la lluvia. Aún no me he decidido por ningún estilo en particular, pero quiero que sea una casa tranquila y ordenada. Un lugar que pueda usar como refugio.

–Y agradable para los niños, ¿no?

–Sí –respondió ella con cautela–. Tal vez, con una litera y algunos juguetes para los sobrinos.

–¿De verdad no piensas ser mamá algún día?

–No –replicó ella, apartando el plato a un lado sin apenas probarlo–. ¿Y qué me dices de ti?

–Estoy pensando en hacerme una casa familiar en las afueras de Charlottesville. Hace tiempo que llevo buscando una parcela.

–Ya veo –dijo ella muy pensativa, y luego añadió, tratando de cambiar de conversación–: Ya he hecho algunos pedidos. Si el tiempo colabora, creo que podré recibir las primeras entregas el lunes por la tarde. Comenzaré a pintar las habitaciones según el programa previsto.

–Podemos contratar a gente para eso. La abuela te paga por tu talento como diseñadora no para que trabajes de albañil.

–Soy muy exigente y meticulosa. Me gusta tenerlo todo controlado y asegurarme de que el trabajo se está haciendo correctamente.

–Entonces ya puedes ir pidiendo también una escalera nueva. No me gustaría tener que llevarte a urgencias.

De repente, ella se sintió cautivada por la implicación emocional de Sam en su trabajo. Era un hombre que conseguía limar las asperezas, haciéndolo todo más fácil y agradable.

Casi sin darse cuenta notó que estaba bajando la guardia, seducida por la buena cena, la grata conversación y el calor de la chimenea. Debía escapar de aquella situación cuanto antes.

–Si no me dejas que te ayude con los platos, me iré a acostar. Estoy leyendo un buen libro.

–No –replicó el, agarrándole de la mano.

–¿Perdón? –exclamó ella, sintiendo un aleteo de mariposas en la boca del estómago.

Sam se levantó de la mesa, obligándola a ponerse de pie también.

–Tengo planes para esta noche –dijo él muy sereno–. Y espero que participes de ellos.

La tensión sexual planeaba como una sombra oscura por la estancia.

–¡Eres un maldito arrogante!

Estaban tan cerca el uno del otro, que ella podía sentir el calor de su cuerpo y el olor de su masculinidad.

–Y tú una bruja que me saca de quicio –replicó él con la mirada fija en sus labios entreabiertos.

–Y, sin embargo, aquí estamos.

–Sí –dijo él, jugando con un mechón de su pelo entre los dedos–. ¿Por qué crees tú que es?

–¿Porque estás aburrido?

–En absoluto.

–Tal vez, porque supongo para ti un desafío.

–¿Un desafío? ¿Qué quieres decir con eso?

–No lo sé –respondió ella, apartándose de él y acercándose a la chimenea–. Puede que sientas la necesidad de demostrarte a ti mismo que eres irresistible.

–Me han rechazado en más de una ocasión.

–¿Qué es exactamente lo que quieres de mí?

–Me prometiste dedicarme este fin de semana. Hasta que la nieve se derritiera. Te propongo una tregua. Disfrutemos de esta noche y de mañana.

–¿Para que podría querer yo que te quedaras? No harías más que entorpecer mi trabajo.

Él se acercó a ella. Annalise retrocedió hasta casi tocar con la espalda la puerta de la alcoba. Con un leve movimiento de muñeca, él apretó el interruptor de la luz dejando el comedor en una penumbra, solo iluminada por la vela de la mesa y el fuego de la chimenea.

–Una tregua significaría que tendrías que ser amable conmigo.

–No soy tan buena actriz como para eso –dijo ella, con la espalda pegada a la pared.

–Eres solo un niña mimada, princesa.

–Y tú un mandón altanero y un cerdo prepotente.

–Bésame.

–No quiero –dijo ella, sintiendo que las piernas empezaban a flaquearle.

–Mentirosa… –replicó él sujetándola por los hombros y bajando la cabeza hacia ella.

Lo que ocurrió después fue como en una de esas películas románticas para mujeres que ella apenas había visto. Creyó oír una bella orquesta tocando en algún sitio recóndito de la casa. Los labios cálidos y firmes de Sam llevaban la melodía mientras se movían con su lengua por dentro y por fuera de su boca, envolviéndola y tomando todo lo que deseaba.

Sin saber cómo, ella le pasó los brazos por el cuello y aplastó sus trémulos senos contra su pecho duro como una roca. Sabía a fresas con nata. Casi sin dejarla recobrar el aliento, la estrechó entre sus brazos y la apretó contra la pared.

—Eres tan excitante y caliente —le susurró al oído.

—Creo que estás loco.

—Sí, por ti —replicó él, dándole un pequeño mordisco en el cuello.

Ella se echó a reír. Pero con ganas. Y entonces él se dio cuenta de que algo debía de estar pasando. Porque ella nunca se reía así.

—Ya hemos tenido sexo hoy una vez —dijo ella tímidamente.

—¿Solo una vez? —exclamó él en tono de burla—. Tenemos que recuperar el tiempo perdido.

La levantó en vilo, agarrándola por los glúteos y rodeó la mesa, derribando una silla a su paso. Ella se habría echado a reír de nuevo de no ser porque estaba ya sin aliento y porque tenía la sensación de que su vida no volvería a ser ya la misma después de ese fin de semana.

—No soy muy buena en esto —dijo ella, deseando no fingir con él.

—¿En qué? —preguntó él, dejándola en el sofá y arrodillándose a su lado.

—En el sexo —gimió ella, sintiendo los dedos de Sam deslizándose por las costuras de sus bragas.

Le quitó los pantalones, las bragas y los zapatos en una misma maniobra. Y un par de segundos después, salieron volando el suéter, la camisa y el sujetador. Luego él se bajó los vaqueros y se colocó entre sus piernas.

—No tenemos espacio —se quejó ella, jadeando.

–Ya verás como sí –replicó él con la voz apagada–. ¡Pero si estás ya húmeda!

Annalise emitió un grito quejumbroso al sentir el roce de las yemas de sus dedos en la parte más sensible y delicada de su feminidad. Pero cuando entró en ella plenamente y se abrió camino hasta el fondo, los dos parecieron perder la respiración, entrando en un estado mágico de entendimiento.

Pasaron cinco segundos. Luego diez. Ella alzó las caderas en una súplica muda.

–¿Qué es esto que me haces? –dijo él, besándola dulcemente.

Annalise le envolvió las piernas alrededor de la cintura para sentirlo aún más dentro de ella.

–Tú eres el culpable de todo. Me odiaré después, por decírtelo, pero tengo que reconocer que eres condenadamente bueno en esto.

–No debes decir palabrotas, ¿recuerdas?

Ella siguió moviendo las caderas al mismo ritmo que él, sintiendo fulgurantes destellos de placer y un intenso ardor abrasando la zona en que ambos cuerpos se fundían.

–Por favor… –susurró ella con la voz entrecortada, sintiendo que empezaba a faltarle el aliento.

–Annalise…

Sam llegó al clímax al mismo tiempo que ella, entre gemidos y jadeos.

Ella, presa de una repentina debilidad, se aferró a él con todas sus fuerzas.

Cuando empezó a recuperarse, se dio cuenta del peso que tenía encima.

–Aire. Necesito aire.

–Lo siento –dijo él, apartándose de ella y poniéndose de pie.

Annalise sintió un intenso rubor al verlo con toda la ropa puesta, estando ella desnuda.

–¿Quieres darme la blusa y los pantalones, por favor?

–No.

De nuevo había surgido el macho dominante y cavernícola. Debería decirle cuatro cosas bien dichas, se dijo ella. Pero, en lugar de eso, se tapó los pechos con los brazos y se acurrucó a un lado para tratar de ocultar lo que él ya había visto.

–Necesito mi ropa –exclamó ella muy serena.

Sam echó un par de troncos al fuego y luego se volvió hacia ella.

–Aún no hemos terminado –dijo él, quitándose la camisa–. Esto no ha hecho más que empezar.

Capítulo Seis

Sam apenas había probado el vino, pero la cabeza le daba vueltas. El orgasmo increíble que había tenido hacía unos instantes parecía ya olvidado, bajo el deseo apremiante de volver a poseerla de nuevo.

Se sentía otro hombre. No era falsa modestia, por su parte, decir que era muy bueno sexualmente con las mujeres. Nunca había tenido queja de ninguna. Por el contrario, todo habían sido encendidos elogios en los últimos años. Pero con Annalise había sido algo especial.

Por el momento, ella estaba relajada. Estaba llegando a la conclusión de que la única forma que tenía de llegar a ella era a través del sexo. Era solo entonces cuando olvidaba la enemistad y el rencor que alimentaba en su corazón desde hacía años.

Amnesia postorgásmica. El secreto estaba en mantenerla desnuda y debajo. O arriba, ¿por qué no?

Mientras se quitaba los pantalones, los zapatos y los calcetines, sintió cómo su erección crecía por momentos. Ella abrió los ojos como platos al verlo.

—Ven aquí —dijo él, tendiéndole la mano con una sonrisa.

Ella se puso de pie. Desnuda, hermosa y tentadora. En el fondo, él sabía que ella tenía razón sobre su posible relación. Estaría condenada al fracaso desde el principio. Ellos no vivían aislados en una burbuja. Sus familias habían sido muy amigas durante décadas y, les gustase o no, interferirían en sus vidas.

Pero no podía dejar de pensar en ello. Estaba cansado de citas con mujeres insulsas. Annalise era inteligente y hermosa. Y era maravillosa dentro y fuera de la cama. Pero no quería tener hijos. Y, lamentablemente, eso, para él, era una condición indispensable. Necesitaba una esposa que fuese comprensiva, romántica y lo adorase. No una arpía con la que tuviese que estar escondiendo los cuchillos de la cocina, por si acaso.

Annalise se agachó y tomó su miembro con la mano, apretándolo suavemente.

–Pensé que eras un hombre mayor, pero veo que estaba equivocada.

A Sam se le puso la piel de gallina. Su ilusión por los bebés pasó a ocupar un lugar secundario. Cerró los ojos y apretó los puños, mientras sentía su mano frotando su miembro con movimientos cadenciosos y luego jugando con la bolsa escrotal como si tratara de probar el peso de sus testículos.

–Se me ocurre una idea –dijo él–. Déjame un segundo.

Era la idea que había tenido esa mañana al verla sentada de espaldas a él, al borde de la cama, y ver con delectación cómo sus delgados hombros y su estrecha cintura se remataban con aquel trasero espléndido en forma de corazón.

–Me estoy enfriando –dijo ella, frunciendo el ceño cuando él apartó el miembro de su mano.

–No será por mucho tiempo, cariño –replicó él, tomando una de las mantas y colocándola cuidadosamente en un brazo del sofá–. La última vez, todo fue demasiado de prisa. Ahora quiero que las cosas vayan más despacio.

–Yo no hago cosas raras ni perversas –dijo ella con los ojos muy abiertos, asustada.

–¿Cómo sabes lo que pretendo hacer? –dijo él, tratando de reprimir la risa.

Annalise se mordió el labio inferior. Pero sus pezones de frambuesa se pusieron duros y erectos. Él los acarició con los pulgares y ella cerró los ojos como si no pudiera soportar verlo.

–Simplemente, lo sé –respondió ella, cimbreando el cuerpo de forma insinuante y poniéndole los brazos en el cuello–. ¿Por qué me diste tanto vino? No puedo pensar con claridad.

–¡Ah, no, no, no! –replicó él, soltándose de su brazo y manteniéndola a una cierta distancia–. No voy a dejar que hagas al alcohol responsable de tus actos. Vamos a hacer esto con los ojos bien abiertos. Dime que me deseas, Annalise.

Ella se pasó la lengua por los labios. Él estaba absolutamente convencido de que ella no era consciente del erotismo y sensualidad que emanaba de su cuerpo.

–O dime que no me deseas –apostilló él–. Lo

que no quiero es que me acuses luego de haberme aprovechado de ti. Si no quieres, podemos dejar las cosas como si nada de esto hubiera pasado.

–Sí, te deseo –susurró ella–. Aunque sé que no debería.

Sam hizo un gesto de contrariedad. No quería que ninguna mujer se sintiese culpable por hacer el amor con él, y mucho menos ella.

–Bueno, al menos, eres sincera.

–No era mi intención herir tus sentimientos. Pero, ¿por qué quieres hacer el amor conmigo?

–Deseo hacer el amor contigo. ¿Qué hay de malo en ello?

–No lo sé. He visto a las mujeres con las que sales. Ninguna de ellas se parece a mí en nada.

–Aún no me puedo creer que dos personas adultas puedan estar desnudas de pie, teniendo una discusión como esta. Me enciendes la sangre, Annalise. Me sacas de quicio.

–¿Estás enfadado?

–No, estoy frustrado, que es diferente. Te lo pregunto por última vez. ¿Me deseas?

Se hizo un largo silencio. Al final, ella asintió con la cabeza.

–¿Es eso un sí?

–Sí. Y no temas, Sam. Nunca te acusaré de nada. Eres un buen tipo. No me cabe duda.

Su alabanza, lejos de halagarle, pareció irritarlo.

–No soy mejor ni peor que cualquier otro hombre. Pero haré todo lo posible para no herirte de nuevo como hace años.

—Eso me parece bien —replicó ella, esbozando una leve sonrisa.

Sam aceptó la mano que ella le tendía y la estrechó entre sus brazos.

—Estás helada —exclamó él, frotándole la espalda—. Vamos a ponernos un minuto junto al fuego.

La puso de cara a la chimenea y él se colocó detrás de ella, envolviéndola con los brazos por debajo de sus pechos. Annalise notó su creciente erección en la hendidura del trasero. Él sintió deseos de llegar más allá, pero trató de controlarse y hundió la cara en su pelo.

Ella echó entonces la cabeza atrás, sobre su hombro, y enlazó una mano con la suya.

—Estás jugando sucio —exclamó ella, con voz somnolienta, bajo el efecto relajante del fuego—. Me siento atrapada en este ambiente tan romántico. Tal vez eso no sea tan malo, después de todo.

—Me alegro de que pienses así. ¿Vas entrando ya en calor?

Ella se volvió bruscamente, como si la pregunta le hubiera sorprendido.

—Según tú, soy muy caliente —respondió, colocándole las manos en los hombros y poniéndose de puntillas para darle un beso—. Veamos ahora lo perverso que puedes llegar a ser.

Annalise esbozó una sonrisa provocadora que habría hecho temblar al hombre más pintado y le rozó el miembro con la mano. Una sonrisa que habría bastado para dar por bien empleado el fin de semana. Las heridas del pasado parecían haberse curado. Sin decir una palabra, la inclinó sobre la manta. La altura del brazo del sofá era perfecta y, tal como había sospechado, su trasero respingón era un espectáculo digno de verse en esa posición.

–¿Qué quieres que haga con las manos? –preguntó ella con la voz casi ahogada.

Él le apartó la melena por detrás del hombro derecho para poder verle la cara.

–Yo me encargaré de eso –respondió, poniéndole los brazos por detrás de la espalda y sujetándola con una mano las muñecas, mientras le abría las piernas con la otra y frotaba el miembro entre sus muslos de forma suave pero excitante.

Annalise soltó una leve gemido. Tenía los ojos cerrados y la cara vuelta hacia el fuego. Él le separó los pliegues carnosos del sexo y sintió su humedad resbaladiza, indicando que estaba preparada.

Sam acercó la punta del miembro a la concavidad del sexo de Annalise, rozándolo sucesivas veces como si fuera a introducirlo pero sin llegar a hacerlo. Ella, con la cara sofocada, se retorció de deseo. Luego decidió probar a ver si ella estaba dispuesta a seguirle el juego.

–Voy a soltarte las manos –dijo él con la voz apagada–. Quiero que estires los brazos por encima de la cabeza, juntes las manos, y las dejes en el sofá. ¿Me has entendido?

Ella asintió con la cabeza e hizo lo que le decía.

Sam sintió un fuego abrasándole el cuerpo por dentro al verla extendida delante de él.

Respiró profundamente. Con las dos manos ahora libres, le acarició las nalgas. Su trasero en forma de corazón era pálido como la luna y en armonía perfecta con el resto de su hermoso cuerpo. Tenía un pequeño lunar fascinante en la cadera derecha. Se inclinó para besarlo. Luego, se volvió a colocar detrás de ella, dispuesto a penetrarla.

–Eras muy atractiva de adolescente –susurró él, temeroso de resucitar el pasado–. Pero ahora me dejas sin respiración. Te deseo y voy a tenerte. Una y otra vez hasta que me pidas que pare.

Lentamente, se introdujo dentro de ella, dolorosamente estimulada por el ángulo de penetración y la posición de él, que hacían parecer la entrada más estrecha y dificultosa pero más excitante.

–Dime algo –exclamó él suplicante–. Dime lo que deseas.

–Deseo todo lo que puedas darme, Sam. Lo deseo todo de ti.

Con las manos en sus glúteos, fue profundizando más y más la penetración, marcando un ritmo lento al principio y después más rápido.

–Me gustaría que pudieras verte en este momento. Estás increíble.

Ella arqueó la espalda y se irguió un poco sobre los codos con la frente apoyada en las manos.

–Más, más. No te pares.

Él le pasó un dedo por debajo y le acarició el punto más erógeno, al tiempo que aceleraba sus acometidas y escuchaba a Annalise gemir de placer.

–¿Te viene ya, cariño?

Annalise respondió con una palabra ininteligible, pero que él pareció comprender perfectamente, y llegó al clímax en unos segundos.

Luego, casi sin aliento y entre enérgicas convulsiones, él se dejó ir, ya descontrolado, y, agarrándole las caderas con desesperación, se vació en el cálido refugio de su increíble amante.

Horas después, Sam se dio la vuelta y miró al reloj y luego a Annalise, que estaba acurrucada contra su pecho.

Habían hecho el amor durante horas en el cuarto de estar. Finalmente, habían subido a la planta de arriba y habían caído exhaustos en la cama.

Sam suspiró profundamente, dichoso de tener a Annalise en la cama, y sucumbió de nuevo al cálido abrazo del sueño reparador que tanto necesitaba.

Cuando abrió los ojos por segunda vez, ella se había ido. Sintió una gran decepción. Había vuelto hacer lo mismo que la mañana anterior. Solo que ahora no veía ninguna razón para ello. Estaba convencido de que habían conseguido llegar a un cierto entendimiento. Una tregua.

Tenía la boca seca y le dolía la cabeza. Tal vez, lo único que quería de él era sexo. Eso habría colmado las aspiraciones de cualquier hombre. Pero entre ella y él había un pasado. Y también un vínculo y una química innegables. Era una buena base sobre la que crear algo maravilloso.

Sin embargo, estaba empezando a tener la sospecha de que ella estaba decidida a no dejar que las cosas fueran más lejos entre ellos. ¿Era por aquella vez que la había rechazado? ¿O era simplemente porque no quería de él más que un fin de semana?

Annalise estaba tarareando una canción mientras trabajaba. Sentía el cuerpo dulcemente dolorido y las mejillas ardientes al revivir cada momento de la noche anterior.

Tal vez ese fin de semana entre ellos solo tuviera una lectura sexual, pero podía ser un paso importante a algo más profundo.

Aunque, tal vez, se estuviera dejando llevar por falsas ilusiones. Sabía que ella no estaba hecha para él. Sam se merecía una mujer capaz de darle un hogar y una familia. Y ella no podía darle ninguna de esas cosas. Aún había muchos secretos entre ellos.

Sacó el ordenador portátil y se sentó en un taburete de la sala de la planta baja a trabajar. Casi creía ver a los niños jugando al aire libre y escuchar sus risas estridentes en esa misma sala…

Trató de alejar esos pensamientos. Estaba tejiendo unos sueños imposibles. Ella no tenía madera de esposa.

Las palabras que Sam le había dicho en aquella ocasión seguían resonando en sus oídos: «A los hombres nos gustan las mujeres dulces y femeninas, suaves y humildes».

–¡Vaya, al fin te encuentro! ¿Has desayunado ya?

Se sobresaltó al oír la voz de Sam y estuvo a punto de dejar caer el portátil. Lo cerró y se levantó, apretándolo contra su pecho como un escudo.

–Tomé un poco de café con unas tostadas.

–¿Has dormido bien?

–Sí, gracias –respondió ella con voz temblorosa.

Tenía delante al hombre que la había visto desnuda y le había hecho las caricias más íntimas de su vida. ¿Por qué se sentía siempre tan insegura después de haber hecho el amor con él?

Sam se apoyó en el marco de la puerta. La miró de arriba abajo como si pretendiera desnudarla con los ojos.

–Creo que necesitamos un poco de ejercicio.

Ella mudó el color de la cara y apretó los muslos instintivamente.

–Yo…

–Un poco de ejercicio al aire libre nos vendrá bien –aclaró Sam–. El tiempo ha mejorado. Mis abuelos tienen ropa de invierno en el armario de la entrada. ¿Qué te parece?

Annalise miró por la ventana. El paisaje, todo blanco, era precioso.

–Me encantaría.

En veinte minutos, estaban equipados con la ropa de abrigo necesaria para pasear por la nieve en aquella bella mañana de invierno.

La primera bocanada de aire frío que recibieron al salir los dejó sin aliento. El sol brillaba en todo lo alto, comenzando a derretir la nieve.

La hacienda parecía sumida en un estado de paz congelada en el tiempo.

–¿Piensas volver a recuperar la actividad del rancho alguna vez? –preguntó ella.

Sam se puso la mano en la frente, a modo de visera, y miró hacia los campos que, en otro tiempo, habían estado rebosantes de maíz y rebaños de vacas.

–Tengo intención de criar caballos. Y quizás arriende las tierras para que vuelvan a producir. Pero no creo que vuelva a ser como antes. A menos que uno de mis hijos se interese por esto.

–¿Cuántos hijos piensas tener?

–Eso dependerá de mi esposa, por supuesto. Pero yo diría que, al menos, tres. Tal vez, cuatro.

¡Cuatro!, se dijo Annalise, sintiéndose desfallecer.

–Tengo los medios suficientes para tener una gran familia –continuó él–. Y quiero que mi casa sea ruidosa, llena de luz y alegría. No como en la que yo crecí, donde me pasaba prácticamente todo el tiempo solo, cuando no estaba en el colegio, pues mi madre pasaba muchas horas fuera.

–Dime una cosa, Sam –replicó ella, conmovida por el cuadro que le estaba pintando–. ¿Cómo puedes estar seguro de que no vas a terminar divorciándote como tus padres?

–Con el tiempo, he llegado a distinguir la diferencia entre el sexo y el amor. Y lo importante que es la compatibilidad entre dos personas. La atracción física y el sexo no son una base lo bastante sólida como para conseguir una relación estable y una convivencia civilizada. Llevo tanto tiempo soltero precisamente porque quiero ir al matrimonio con las máximas garantías posibles.

—¿Y cómo vas a conseguirlo?

—Mis padres nunca llegaron a entenderse. No tenían nada en común. Yo elegiré a una mujer que comparta mis valores y mis deseos.

—No está en mi ánimo ofenderte, Sam, pero me dijiste que la adicción al trabajo de tu padre fue, en buena medida, la causa del divorcio. ¿No te puede pasar a ti lo mismo?

—Es posible. Trabajo muchas horas. Pero porque estoy soltero. Si tuviera una esposa y unos hijos esperándome en casa, las cosas serían diferentes.

—¿Esperas acaso que esa esposa se quede todo el día en casa con los niños?

—Ella no necesitaría ir a trabajar… El factor económico no sería ningún problema. Los dos compartiríamos la responsabilidad de criar a los niños, pero creo que las cosas funcionan mejor cuando uno de los padres se queda en casa para cuidar de los hijos.

—Te deseo suerte. Espero que encuentres a esa mujer de tus sueños —dijo ella, con una sombra de dolor, como presintiendo que acababa de apagarse el último rayo de esperanza de que la relación entre Sam y ella pudiera llegar a ser algo más sólido.

Ellos no eran compatibles, como él decía. Ella no sería una buena madre. Aunque dejase su carrera aparcada unos años y le diera todos los hijos que él deseaba, su relación acabaría deteriorándose rápidamente.

Aprovechando un instante en que no la miraba, tomó un puñado de nieve e hizo una bola con él. Se adelantó unos metros, con el pretexto de ver una vieja perrera cubierta de nieve. Se echó un poco hacia atrás, apuntó cuidadosamente y lanzó la bola de nieve lo más fuerte que pudo.

¡Zas! En el centro mismo de la diana. La bola fue a darle a Sam en un lado del cuello y se deshizo cayendo en pequeños copos de nieve por dentro del cuello de la camisa.

–¡Eh! –gritó él indignado– Eso no vale!

Ella no pudo evitar una sonrisa la oír esa réplica infantil que tantos recuerdos le traía.

–¿No eras tú el que decías que necesitábamos hacer ejercicio?

Annalise se agachó, tomó rápidamente unos cuantos puñados más de nieve, se hizo una buena munición y se parapetó detrás de la caseta del perro.

Sam la miró con ánimo de desquite. Se preparó un buen arsenal, apiló las bolas de nieve en el alféizar de una de las ventanas de la casa y se puso a cubierto detrás de un viejo tocón que había sobre un altillo, desde podía dominar mejor todo el campo de batalla.

Pero mientras estaba tratando de colocar el último proyectil, Annalise aprovechó para salir de su escondite y lanzarle tres bolas de nieve seguidas que volvieron a dar en el blanco. Sam, con la cabeza blanca, toda cubierta de nieve, tuvo que limpiarse hasta la boca.

Su venganza no se hizo esperar. Annalise vio una lluvia de bolas de nieve rebotando sobre el techo y las paredes de su pequeño refugio y silbando peligrosamente por encima de su cabeza. Se atrincheró detrás de la caseta, se bajó la capucha y esperó pacientemente a que amainara el temporal.

Inevitablemente, él acabó agotando la munición. Ahora era su turno. Salió del refugio, ya con total impunidad, y respondió a aquella guerra relámpago, arrojándole sin piedad todas las bolas que tenía, apuntando a darle en el centro mismo de su masculinidad. Viendo a Sam correr y soltar maldiciones no pudo evitar partirse de risa.

Cuando se le acabó la munición, volvió a refugiarse detrás de la caseta, esperando, con el corazón palpitante, la respuesta de Sam. Pero no se produjo. Seguramente, estaría preparando una nueva remesa de proyectiles para reanudar la contienda. Se hizo un silencio de muerte, apenas roto por el graznido estridente de un cuervo lejano.

¿Qué estaría ocurriendo? ¿Por qué él no reanudaba el fuego? Con mucha cautela, asomó la cabeza por un esquina de la caseta, esperando recibir algún impacto en la cara.

No había nadie. No se veía el menor rastro de Sam por ninguna parte, aunque había huellas en todas las direcciones. Seguramente habría regresado a la casa. Sintió las manos mojadas dentro de los guantes. Los dedos empezaban a entumecérsele. Además, tenía las rodillas de los pantalones empapadas. ¿Dónde diablos estaría?

De repente, sintió un crujido en la nieve detrás de ella y, sin previo aviso, una paletada de nieve se deslizó por su espalda. Lanzó un grito y retrocedió asustada, hasta chocarse con Sam, que se había desplazado en círculo hasta ponerse detrás de ella para prepararle una emboscada.

Antes de que pudiera recuperarse, él la tumbó en el suelo con un movimiento rápido y la metió más nieve por la pechera del chaquetón.

–Deja ya de hacer el bobo –exclamó ella–. Vas a conseguir que agarre una pulmonía.

Él le bajó la cremallera del chaquetón y le dio un buen masaje en el pecho con la nieve.

–No pararé hasta que te rindas –replicó él con una sonrisa diabólica.

Ella, sintiéndose al borde de la hipotermia, sonrió dulcemente para apaciguarlo. Pero al ver que seguía, se puso a contar, uno… dos…

Al llegar a tres, le propinó un rodillazo entre los muslos. Luego aprovechando el momento, rodó por la nieve hasta ponerse encima de él y le puso un brazo en el cuello.

Sam tosió un par de veces, puso los ojos en blanco y soltó una maldición de las más gordas de su repertorio.

–Debería haber recordado que me la estaba jugando con una mujer que, ya de niña, era más aficionada a las artes marciales que a las muñecas Barbie. Me rindo –dijo levantando una mano.

Ella lo soltó y se levantó con un escalofrío. Sentía la nieve derretida por la espalda y el vientre.

–No me fío nada de ti. Eres un intrigante y un conspirador.

–Solo en el deporte –dijo él muy serio–. No en la vida real. ¿Estoy equivocado o aún sigues odiándome por aquello?

¿Cómo podían haber llegado, con tanta rapidez, a aquella situación tan incómoda después del buen rato que habían pasado? Ella quiso decirle algo pero las palabras no salieron de su boca. «Nunca dejé de amarte, Sam». No, no podía decirle eso. Seguramente, volvería a ver la misma expresión de piedad y compasión en su rostro que entonces. Antes se quedaría soltera que pasar de nuevo por esa humillación. Sí, una solterona. Ese era su destino.

–Yo no te odio –dijo ella muy serena–. Pero si agarro una pulmonía, espero, por el bien de tus empleados, que les hayas pagado ya la nómina del mes.

Capítulo Siete

Sam sufrió estoicamente el reproche. ¿Qué otra cosa había esperado? ¿Un milagro en menos de cuarenta y ocho horas? Annalise nunca lo perdonaría. Era una causa perdida.

Rumiando su amarga derrota, le hizo un gesto con la mano.

—Vamos adentro.

Se quitaron los chaquetones mojados en el porche de atrás.

Sam vio cómo trataba de secarse el pelo mojado con aquellos movimientos tan femeninos que a él le volvían loco. ¡Qué demonios!, se dijo él, si en el sexo era en lo único en lo que se entendían, ¿por qué no aprovecharlo?

—Déjalo. Lo pondré todo luego en la secadora. No deberíamos andar por la casa mojados.

Annalise se sentó en un banco y se quitó las botas. Tenía los pantalones y el suéter empapados.

—¿Qué sugieres entonces?

—Desnudarnos. Nos daremos una ducha.

—¿Desnudarnos? —exclamó ella, con un intenso rubor en las mejillas.

—Sí, es lo más sensato que podemos hacer.

Sin esperar su respuesta, él se quitó la camisa y

los pantalones. Los calcetines ya se los había quitado al sacarse las botas. A pesar del frío que hacía, tenía el miembro impaciente. No era una erección total, pero iba camino de serlo.

Annalise estaba tiritando. Sam le echó una mano para ayudarla a desnudarse, pero sin el menor gesto de intentar acariciarla ni aprovecharse de la situación.

–Sube tú primero –dijo él en voz baja, incapaz de apartar la mirada de su cuerpo desnudo–. Usaremos la ducha de mi cuarto. Es más grande y más cómoda.

Cuando llegaron arriba, él no podía sentirse los pies y ella tenía los labios amoratados.

–Vamos, cariño –dijo él, agarrándole la mano–. Vamos a entrar en calor.

Tan pronto se puso bajo el humeante chorro del agua caliente, Annalise comenzó a recobrar el color. Sam se colocó entonces detrás de ella y le enjabonó las manos y los pechos. Luego le echó la cabeza hacia atrás y le puso un poco de champú en el pelo, deslizándole las manos por la larga caballera de azabache, mientras el agua caía rociando su cuerpo de diosa.

En esa posición, le resultó imposible resistirse a la tentación de probar sus rosados pezones lamiéndolos con pequeños movimientos circulares de la lengua. La sujetó con un brazo cuando vio que empezaban a flaquearle las piernas.

Luego tomó el jabón y se lo pasó por entre los muslos con movimientos suaves ascendentes y descendentes. Annalise pareció cobrar vida con sus caricias. Jadeando, se apoyó, ahora ella sola, contra la pared de la ducha y levantó una pierna.

Sam sonrió, dejó caer el jabón y usó los dedos para terminar el trabajo. Ella respondió instantáneamente, arqueando las caderas en espera de su penetración inminente. Sin embargo, él quería demorar el momento.

–Sé por experiencia que nos vamos a quedar sin agua caliente en un par de minutos. ¿Qué te parece si nos vamos al dormitorio? –propuso él.

Su pregunta pareció devolverla del estado de trance en que se hallaba.

–Ya hemos perdido bastante tiempo jugando. Tengo que trabajar –replicó ella, bruscamente.

Él la miró boquiabierto, con cara de frustración. No era posible. Tenía que estar fingiendo. Ese empeño suyo por tratar de crear ese distanciamiento entre ellos empezaba a sacarle de quicio.

–¿Haces esto para provocarme? ¿Qué clase de juego te traes conmigo?

–Ninguno –exclamó ella con lágrimas en los ojos.

Eso tuvo la virtud de desarmarlo.

–Podrías estarme engañando.

–Siento que pienses eso. Pero no es cierto. Yo nunca haría tal cosa, te lo juro. Sé que lo nuestro no tiene ningún futuro, pero debes saber, Sam, que significas mucho para mí.

–Olvídalo –dijo él, sintiéndose furioso consigo mismo por su reacción brusca y desconsiderada.

Cerró el grifo, tomó dos toallas y le dio una a ella. Se volvió de espaldas para no seguir viendo la imagen erótica de su Némesis particular secándose lentamente el cuerpo.

Salió del cuarto de baño, entró en su dormitorio y se puso unos calzoncillos.

–¿Quieres que baje y te traiga algo de ropa? –dijo él casi gritando para que ella le oyera desde la ducha.

–Hay un par de pijamas y unas zapatillas en el primer cajón de la cómoda –respondió ella.

Bajó a la planta baja y volvió a subir. Se detuvo al llegar al dormitorio. Ella estaba allí de pie en la puerta del cuarto de baño poniéndose una de sus camisas, que había encontrado en el respaldo de una silla. Vio sus piernas desnudas y sus ojos grandes como dos soles azules. Tenía el pelo casi seco.

–¿No prefieres ponerte esto en vez de eso? –dijo él, enseñándole la ropa que llevaba.

Él vio cómo sus pechos subían y bajaban, y sus labios temblaban.

–Lo que de verdad prefiero es estar en la cama contigo, Sam.

Era lo más hermoso que ella le había dicho nunca. Sus palabras le calaron en lo más hondo del corazón.

–Muy bien –dijo él, dejando caer la ropa en una silla y acercándose a ella–. Tenemos que hablar seriamente… en algún momento. Debemos aclarar, de una vez por todas, la razón de esta extraña e incómoda situación. Pero ahora…

Él la tomó en brazos y la llevó a la cama. Se sentía feliz. Era como si hubiera encontrado al fin lo que andaba buscando. Pero no, eso no tenía sentido. Annalise no era el tipo de mujer que él deseaba para formar una familia. Era mordaz, obstinada y puntillosa. Su cuerpo era suave, pero su carácter estaba lleno de espinas. Parecía disfrutar con las discusiones y los enfrentamientos. Era muy intransigente. Estaba convencido de que debía haber otra Annalise escondida en su interior, una mujer sin resentimientos, capaz de ser cariñosa y comprensiva. Pero, por alguna razón, no quería sacarla a la luz, prefiriendo mantenerla encerrada dentro de sí.

Apartó el edredón a un lado y dejó a Annalise en la cama. Se apoyó en un codo y se inclinó hacia ella, mirándola fijamente.

¿No se daba cuenta ella de cuánto la deseaba? Pasó los dedos suavemente por su cuerpo. Ella apartó la cabeza al sentir su mano, pero él la agarró de la barbilla, obligándola a mirarlo.

–¿Qué temes que pueda ver en tus ojos?

–Nada –contestó ella, bajando sus largas pestañas como tratando de ocultar un secreto íntimo.

–Dímelo, Annalise. Te prometo que no voy a reírme de nada de lo que me digas.

Ella se movió inquieta, apartándole la mano y se incorporó en la cama cubriéndose los pechos con la sábana. Luego lo miró fijamente. Había una sombra de amargura en sus ojos.

–Sabes demasiado de mí. Me siento muy indefensa cuando estamos juntos, haciendo…

–Supongo que habrás estado con otros hombres.

–No tantos como piensas. No soy una mujer fácil, pero tengo un pasado a mis espaldas.

–Todos tenemos un pasado.

–No quiero estar cerca de ti –dijo ella con el ceño fruncido.

–Ya lo veo

–No, no creo que lo entiendas. Tal vez, las mujeres y los hombros seamos diferentes en eso o, tal vez, sea solo cosa mía. Pero cuando estamos desnudos… en la intimidad… siento como si tú tomaras de mí más de lo que yo puedo darte.

–No soy tu enemigo– replicó él, con los puños apretados por debajo de la sábana.

–No eres nada para mí. Ese es el problema. Hemos pasado un buen rato juntos, probablemente porque nos hemos visto atrapados por la nieve y porque existe cierta química entre los dos, pero eso es solo algo pasajero que quedará en nada.

Él sintió que se le derrumbaba el mundo bajo los pies.

–¿Y si hubiera algo más?

Un rayo de luz pareció iluminar los ojos de ella. Pero se apagó al instante.

–¿Qué quieres decir?

–¿Y si empezamos de nuevo? Sin rémoras del pasado. Un futuro abierto y despejado para los dos. Tal vez, hemos estados demasiado ciegos como para ver la verdad. ¿Estás dispuesta a correr el riesgo, dándonos una segunda oportunidad?

Durante unos segundos, ella creyó ver una puerta abierta a la esperanza y él pareció darse cuenta de ello. Las cosas podrían ser diferentes a partir de ahora. Creyó ver incluso a un bebé riendo. Tenía los ojos de ella y la barbilla de él.

–Dime algo, cariño, por favor.

–Nunca he conocido a un hombre más seguro de sí mismo que tú, Sam. Pero te dije, desde el principio, que este fin de semana era todo lo que podía ofrecerte.

–¡Eres imposible! ¿Cómo puedes ser tan cobarde?

Ella se quedó blanca al oír esas palabras. Quiso responderle, pero, en ese preciso instante, sonó el timbre de la puerta, resonando por toda la casa.

–Me desharé en seguida del que sea –dijo él, soltando una maldición.

Se asomó a la ventana y puso cara de sorpresa al ver el rótulo del camión que había aparcado en la entrada.

–¿Quién es? –dijo ella, levantándose corriendo de la cama–. ¿Ocurre algo?

Sam abrió la maleta y se puso unos pantalones limpios y una camisa de manga larga.

–Si no me equivoco, son los del servicio técnico de la calefacción.

–Pero se suponía que no iban a venir hasta mañana. ¿Cómo habrán podido llegar hasta aquí?

–Gran parte de la nieve ya se ha derretido y tienen un camión con un motor muy potente y unos buenos neumáticos –respondió él, y luego añadió

114

con una leve sonrisa–: Diría que te has salvado por la campana. Pero si tienes algo que quieras decirme, dímelo ahora. Me tienes en ascuas.

–Creo que ya nos lo hemos dicho todo, Sam.

Él salió de la habitación tan deprisa que ella se quedó perpleja unos instantes. No tenía nada que ponerse, así que se envolvió en la sábana y se dirigió a su habitación.

Cuando salió quince minutos después, ya vestida, vio a Sam conversando con unas personas en salón. Él le dirigió una sonrisa de conveniencia.

–Annalise, te presento a Darren Harrell y a su esposa, Rachel. Y este niño es su hijo, Butch.

–Perdonad si hemos llegado en mal momento –dijo Rachel, con su bebé en los brazos–. Pero Darren llamó a la señora Ely y ella le dijo que podíamos venir por la mañana a quedarnos aquí con el bebé. Vivimos en una zona muy apartada y la nieve ha cortado el suministro eléctrico de la zona. En nuestra casa hace mucho frío. Si fuera solo por nosotros, podríamos arreglárnoslas, pero no podíamos dejar allí al bebé. Y solo tenemos un vehículo en este momento.

–No seas tonta. Yo he venido aquí también a trabajar –dijo Annalise–. No molestáis, en absoluto, ¿verdad, Sam?

–Por supuesto que no. Lo que le sobra en esta vieja casa son habitaciones. Os ayudaré a llevar las cosas –replicó él con su sonrisa característica–. Annalise, ¿te importaría instalarlos en la habitación que a Rachel y a ti os parezca mejor?

–Será un placer.

Mientras los hombres salían a charlar, Annalise se puso a enseñarle la casa a Rachel.

–¿Qué te parece esta habitación? Es bastante grande y tiene su propio cuarto de baño.

Rachel sonrió con timidez, sujetando al bebé que llevaba apoyado en la cadera. Tenía un carácter muy alegre que denotaba lo satisfecha que estaba con la suerte que la vida le había deparado.

–Es perfecta. Estaremos muy bien –respondió ella, dejando al niño en la cama y cambiándole los pañales con gran habilidad–. Butch es un niño muy bueno… casi nunca llora. No os enteraréis siquiera de que está aquí.

–No te preocupes por eso –dijo Annalise muy sonriente.

–¡Válgame Dios! –exclamó Rachel, de repente–. Le prometí a mi madre llamarla en cuanto llegásemos. Estará angustiada preguntándose si nos ha podido pasar algo con esta nieve. ¿Te importaría quedarte con Butch unos minutos?

Antes de que Annalise pudiera responder, Rachel le puso el bebé en los brazos y salió corriendo de la habitación. Ella se quedó paralizada, con un nudo en la garganta de la emoción. Con las manos temblando, miró al niño detenidamente.

–Lo siento, pequeño, creo que no has tenido mucha suerte conmigo. Soy novata en esto. No sé lo que tengo que hacer contigo… ¿Quieres que juguemos al escondite? ¿O necesitas echar los gases? Lo mejor será que te quedes dormidito.

Butch era pelirrojo y tenía unos preciosos ojos azules. Miró a Annalise muy serio durante unos segundos y luego sonrió y echó unas pompas de saliva que le cayeron por su barbilla regordeta. Tenía solo un diente en la parte de abajo, que parecía brillar con luz propia.

Annalise sintió un vuelco en el corazón. Esa era la razón por la que siempre había querido mantenerse apartada de esos ratoncitos adorables. Le hacían sentir una gran pena, pensando que ella nunca podría tenerlos. Tocó al bebé con la nariz y le dijo un par de tonterías. Al verlo sonreír, acercó la cara más a él, le acarició las mejillas y le dio unas palmaditas en la espalda.

Abrazó al niño con ternura, disfrutando de su delicado olor, mezcla de colonia infantil, polvos de talco y de ese aroma tan delicioso y peculiar de los bebés.

–Muy bien, amiguito –dijo ella, dándole un beso en la cabecita–. Tú y yo vamos a llevarnos muy bien. Te prometo tenerte en brazos si no te haces caca hasta que vuelva mamá.

Sam se quedó inmóvil con las maletas en la mano, sin dar crédito a lo que estaba viendo: Annalise, contemplando embobada al pequeño Butch, con una cara radiante de felicidad.

Sintió una gran emoción. Nunca la había visto así. Alegre, entregada y profundamente femenina, cuidando al bebé de otra mujer.

–Parece que le gustas –dijo él, dejando el equipaje junto a la puerta.

–¿No es precioso? –replicó ella, volviéndose hacia él, con las mejillas encendidas.

–Sí, es una monada.

–¿Quieres probar? –dijo ella muy sonriente, acercándole al niño.

Sam la miró extrañado. ¿Por qué había estado ocultándole todo el fin de semana esa faceta afectiva de su personalidad?

Presentía que ella guardaba secretos insondables que no quería compartir con él. Y eso le desesperaba porque se daba cuenta de que se estaba enamorando perdidamente de ella.

–Será mejor que Butch se quede contigo. Darren quiere que le eche una mano.

Cuando se disponía a salir, se cruzó con Rachel, que acaba de hablar por teléfono con su madre.

–En el frigorífico hay de todo –le dijo a Rachel, y luego añadió bajando la voz–: ¿Podrías hacerte cargo de las comidas mientras estéis aquí? Annalise no sabe cocinar y se avergüenza de ello.

–Por supuesto, es lo menos que puedo hacer.

Cenaron en un clima cordial amenizado por las sonrisas y gestos del pequeño Butch. Rachel había preparado para la cena jamón curado con unas patatas al horno y un compota de manzana.

Annalise se sentía fuera de lugar, pero mantuvo el tipo procurando mostrarse cordial.

Sam apenas probó nada. No tenía apetito. En lo único que podía pensar era en que no podía permanecer allí por más tiempo.

Tan pronto tuvo la ocasión, se levantó y llevó su plato al fregadero.

–Gracias por la cena. Tengo que volver a Charlottesville. Mañana tendré un día muy duro.

–¿Vas a irte a estas horas? –preguntó Annalise, pálida como la nieve.

–Sí. Tengo un negocio que atender, y ahora que Darren y Rachel están aquí para hacerte compañía no hay razón para que me quede.

–Los caminos están llenos de nieve. Puedes tener un accidente.

–He consultado las previsiones. La temperatura va a mantenerse por encima de cero. Seguiré las rodadas del camión de Darren hasta la autopista. Creo que han pasado ya los quitanieves.

–Pero…

Sam pareció dudar al ver su reacción. Tal vez, si se quedara, podrían continuar la conversación que habían interrumpido.

–¿Pero, qué, Annalise? ¿Hay alguna razón por la que deba quedarme?

Rachel y Darren se habían ido hacía un rato a la habitación a cambiar los pañales al niño.

Annalise puso los brazos en jarras y se encaró con él.

–Veo que estás enfadado conmigo. ¿Por qué?

–Me dijiste que este fin de semana era todo lo que podías ofrecerme. ¿Has cambiado de opinión?

Sam rogó al cielo con toda su alma que ella dijera que sí. Que se acercara a él con una sonrisa, le abrazara y le dijera que quería que se quedase. Pero no lo hizo.

En ese momento, regresaron los Harrell. Darren se encargó de Butch y Rachel de lavar los platos.

—No me gustaría importunarle, señorita Annalise, pero probablemente tenga que abandonar la casa el miércoles por la mañana —dijo Darren, sosteniendo a su hijo—. Mis operarios llegarán ese día a primera hora para desinstalar el actual sistema de conductos corroídos por el tiempo.

—¿Y qué va a pasar con Rachel y el bebé? —preguntó Sam.

—Mi madre vendrá de Roanoke a recogerlos esa mañana. Mis padres estaban deseando poder estar unos días con Butch y han encontrado ahora la ocasión perfecta. La caldera no estará lista hasta el viernes por la noche o el sábado por la mañana. Tal vez, el lunes si hay complicaciones.

—Me parece bien —dijo Annalise—. Pero habrá que recibir las entregas que vengan durante mi ausencia. He hecho un buen número de pedidos de pintura, papel pintado y cortinas.

—No se preocupe por eso. Mis muchachos lo dejarán todo igual que lo encontraron. Acamparemos en el cuarto de estar. No será necesario habilitar ninguna habitación.

—No sé si esa será la mejor solución —dijo Sam con el ceño fruncido—. Mi abuela hubiera querido que os quedaseis en casa. Sobre todo con este tiempo.

–No se preocupes, señor Ely. Darren está ya acostumbrado a estas cosas.

La joven pareja se fue a su habitación a acostar al bebé. Sam respiró profundamente.

Estaba claro que era inútil prolongar más aquella situación.

–Me voy arriba a preparar el equipaje. Adiós, princesa. Ya nos veremos por ahí.

–Espera –replicó ella con un hilo de voz–. ¿No vas siquiera a despedirte de mí?

–Si lo deseas, pasaré luego a decirte adiós –dijo él con un tono escéptico y melancólico.

Una vez arriba, en su dormitorio, Sam metió la ropa de cualquier manera en la bolsa de viaje. Luego entró en el cuarto de baño a recoger las cosas del aseo, pero no se atrevió a mirar a la ducha. No podía soportar ciertos recuerdos. Se miró en el espejo y se quedó sorprendido al verse la cara. Tenía unas arrugas en la frente, producto de la angustia y la frustración.

Echó una última mirada para ver si se dejaba algo olvidado. Vio entonces los pijamas de Annalise en el respaldo de una silla. Se llevó a la cara uno de ellos, aspirando su fragancia. ¿Cómo podía ser tan estúpido?

Desde hace siete malditos años, Annalise Wolff le había estado atormentando con sus silencios helados, su indiferencia y sus miradas acusadoras. Finalmente, ese fin de semana, le había dejado claro lo que podía dar de sí su relación entre ellos. Habían conectado de maravilla. Pero solo en la cama.

Dejó caer el pijama como si se le quemara y se cubrió la cara con las manos.

Todo había terminado.

Bajó las escaleras y metió la bolsa en el coche. Se sentó en el asiento del conductor y llamó a sus abuelos para informarles de cómo iban las cosas. Su abuela le hizo algunas preguntas aparentemente inocentes, que le hicieron cuestionarse, por un momento, si no habría contratado a Annalise con algún fin casamentero.

Cuando colgó, miró a la casa. Una luz cálida se filtraba a través de los visillos de las ventanas. Sintió una opresión en el pecho. Si pudiera comprender la causa del rechazo de Annalise, tal vez, sería capaz de arreglar las cosas y conseguir que ella no siguiera aferrándose al pasado de esa forma tan obstinada.

Tamborileó con los dedos en el volante, pensando lo que debía hacer. Lo más fácil sería arrancar el coche y alejarse de allí. Sin embargo, ella le había dado a entender que podía sentir por él algo más profundo que una simple atracción sexual. Debía dar el paso siguiente. Además le había prometido ir a despedirse de ella y aún no lo había hecho.

Se la encontró en el vestíbulo al abrir la puerta.

—Pensé que ya te habías ido.

—Te dije que pasaría a despedirme de ti.

—Podrías haberte olvidado, con todas las cosas que tienes en la cabeza.

Él se metió las manos en los bolsillos para evitar la tentación de estrecharla en sus brazos.

–Le diré a mi abuela que lo tienes todo bajo control.

–Te enviaré por email algunas fotos de la casa para que vayas viendo cómo progresan los trabajos. Asó podrás reenviárselas a tu abuela.

La veía tan amable y educada que no pudo evitar aprovechar la ocasión para formularle la pregunta que le había estado atenazando todo el fin de semana.

–¿Me has perdonado por lo que pasó hace siete años?

–Claro que sí –replicó ella, encogiéndose de hombros.

–No es tan evidente. Apenas hemos cruzado dos palabras desde entonces.

–Es cierto.

–¿Vamos a seguir así toda la vida con esta hostilidad velada?

–Dudo que tenga muchas ocasiones de hablar contigo cuando tengas una esposa y unos hijos.

Él la miró a los ojos, tratando de desentrañar lo que podía ocultar tras esa frase cargada de sarcasmo y resignación. ¿Qué diablos quería de él?

–En ese caso, lo mejor será aprovechar el momento.

Sería difícil saber si él fue el que la estrechó entre sus brazos o fue ella la que se arrojó a ellos. Lo cierto fue que ella susurró su nombre y acabaron abrazados, besándose de manera apasionada.

–¿Deseas que me quede?– dijo él, dándole una nueva oportunidad.

No importaba que ella no respondiera a la imagen de mujer que él se había forjado para formar una familia. La deseaba por ella misma. Era la mujer perfecta para él.

Annalise apoyó la cabeza en su hombro y le apretó los brazos alrededor de la cintura. Luego se apartó de él, aparentemente tranquila, aunque los pechos le subían y bajaban agitadamente.

—No necesito que te quedes —replicó ella—. Estaré bien aquí con Rachel y Darren.

No había contestado. Él no le había preguntado lo que necesitaba sino lo que deseaba.

—¡Dios! ¿Qué obstinada eres? —exclamó él en voz baja, sin el menor tono de acusación en sus palabras, pero sí de desencanto—. Nos veremos, princesa.

Cuando él cerró la puerta al salir, ella se quedó mirando su silueta… alta, delgada y solitaria.

Annalise se preguntó como podía ser posible tener el corazón partido en dos mitades y que siguiera funcionando como el de cualquier otro ser vivo.

Estuvo un par de horas con los Harrell en el cuarto de estar, jugando al Monopoly y charlando. No podía soportar la idea de ir a la habitación y ver la cama donde Sam y ella habían hecho el amor.

El bebé se despertó a eso de las nueve y se puso a llorar. Rachel tuvo que ir a calmarlo.

—Pobrecito, le están saliendo los dientes —dijo ella, cuando volvió con él en brazos—. Y además extrañará la casa. Pero ya ha pasado todo, ¿verdad, mi vida?

Antes de irse, Sam había bajado una mecedora de la habitación de sus abuelos. Annalise miró al bebé con expresión maternal apenas disimulada.

–¿Me dejas mecerlo un rato?

Rachel y Darren se echaron a reír al unísono. Ella envolvió al niño en una manta y se lo dio.

–Querida, estamos dispuestos a aceptar toda la ayuda que se nos ofrezca.

Durante unos minutos, el silencio se adueñó del cuarto. Solo se oía el sonido del fuego crepitando en la chimenea. Rachel tomó un lápiz y se puso a rellenar un sudoku. Darren, por su parte, se fue a por la guitarra que tenía en el camión y comenzó a cantar viejas baladas.

Annalise se sentó en la mecedora con Butch en los brazos y comenzó a mecerlo, feliz de sentir el cuerpo tierno del niño.

–¿Cómo aprendiste a ser madre? –le preguntó a Rachel.

Rachel levantó la vista, con la punta del lápiz en la boca, y la miró muy sonriente.

–¡Qué pregunta más curiosa! Por el conocido método de prueba y error, como todo el mundo. No hay dos bebés iguales. Nosotros hemos tenido suerte con Butch, pero una de mis mejores amigas tiene un niño al que le dan cólicos y llevan seis meses sin dormir. No hay ningún manual para esto. Darren es un padre modelo, siempre está dispuesto a levantarse para atender al niño en mitad de la noche. Y en caso de apuro, llamo a mi madre. Todo se reduce a amar a tu hijo. Es la obligación de los padres. No hay ninguna fórmula secreta.

Annalise asintió con la cabeza, no muy convencida. Pensó que tenía que ser más complicado que eso.

—¿Nunca has estado con bebés, Annalise?

—No. Yo era la más pequeña de la familia.

—Es usted una de los Wolff, ¿verdad? –dijo Darren.

—Sí, soy la única chica de la familia.

—Debe haber sido muy duro crecer rodeada de… tanta testosterona –dijo Rachel.

—Y que lo digas –replicó Annalise–. Lo mismo te estaban mimando que haciéndote de rabiar.

—¿Cuál de las dos cosas hacían más? –preguntó Darren, con mucho interés, dejando de tocar la guitarra por un momento.

—Según el día. Cuando se trataba de deportes o política, actuaban como si yo fuera uno más. Pero cuando hablábamos de mi vida personal y mi deseo de ser una mujer independiente, entonces se crispaban los ánimos.

—Conozco eso –dijo Rachel–. Quieren tenernos siempre entre algodones. En mi familia somos tres chicas y mi padre nos sigue viendo como si tuviéramos aún diez años y lleváramos coletas.

Darren se puso a cantar una nana.

—Si alguna vez tengo una niña –dijo él, mientras tocaba los acordes de la canción en la guitarra–, supongo que me pasará igual. Los padres tienen una relación muy especial con las hijas.

Annalise y Rachel sonrieron, reconociendo que eso era una verdad universal.

Rachel se levantó entonces y tomó a su bebé en brazos.

–Se ha quedado dormidito. Pasará así toda la noche. Será mejor que yo me vaya también a acostar. Este granujilla tocará diana al amanecer.

Annalise vio emocionada cómo Darren dejaba a un lado la guitarra y se abrazaba con su esposa y con su hijo, como si los tres formaran parte de una misma persona.

–Gracias por su hospitalidad, señorita Annalise. Rachel agradece mucho su compañía.

–Yo también la suya –replicó Annalise con mucha cordialidad.

Apagó las luces y se dirigió a su habitación. Todos los rincones de la casa le recordaban a Sam. Por dondequiera que mirase le parecía verlo. Riendo, frunciendo el ceño, provocándola, seduciéndola. Él había llenado la casa con su encanto y su personalidad. Ahora, en cambio, pese a la presencia de los Harrell, todas las habitaciones parecían vacías y abandonadas. Sobre todo su dormitorio.

Mantener una relación sexual, por muy satisfactoria que fuese, no era suficiente. Desde luego, no para ella. Pero tampoco debía serlo para él. Sam se merecía tener su mujer ideal. Esa con la que siempre había soñado. No tenía por qué conformarse con menos. Él significaba demasiado para ella, como para iniciar una relación y, al final, acabara decepcionándolo.

***

Se despertó bruscamente alrededor de las tres de la noche, creyendo haber oído un ruido extraño en la casa. Comprobó, con tristeza, que Sam no estaba a su lado para darle calor y seguridad. Se puso la bata y las zapatillas, salió al pasillo y vio una luz por debajo de la puerta del cuarto de estar. El llanto del bebé perturbó en ese momento el silencio de la casa.

Rachel alzó la vista cuando vio entrar a Annalise.

—Lo siento mucho. Estuve tratando de calmarlo en nuestro dormitorio, pero Darren tiene mañana mucho trabajo y necesita descansar.

Annalise acercó un taburete a la mecedora y se sentó.

—No te preocupes por mí. Suelo despertarme con frecuencia por la noche. No creo que sea nada especial por eso. La mayoría de las mujeres que conozco tienen el sueño ligero.

—Siempre he pensado que Dios nos ha hecho así para que podamos ser unas buenas madres.

Annalise sintió que esas palabras, aparentemente ingenuas, le calaban muy hondo. ¿Podía ser así de fácil? ¿Nacían las mujeres con un don especial para ser madres? Buceó en su mente, tratando de encontrar algún recuerdo tierno de su madre. Pero nada. Lo único que sentía era una sensación desagradable en la boca del estómago.

—¿Por qué no me dejas que le cuide el resto de la

noche? Debes estar agotada. Pero no te sientas obligada, si no quieres. Comprendo que soy solo una extraña para Butch.

–No debería aceptar, pero la idea de poder dormir un par de horas seguidas me suena a campanas celestiales.

–Prometo que te lo cuidaré bien. Y si se pone a llorar desconsoladamente, te lo llevaré.

–Creo que me has convencido.

Cuando Rachel se fue, Annalise echó unos troncos al fuego. Pronto reinó una temperatura muy agradable. Arrastró luego el sofá frente a la chimenea, No pudo evitar ruborizarse al recordar la forma en que Sam y ella habían hecho allí el amor.

Annalise miró al niño. Tenía los ojos hinchados de tanto llorar, la nariz con mocos y las mejillas rojas como cerezas.

–Pobrecito mío. Vas a estar muy bien conmigo, ya lo verás.

Se sentó en la mecedora y le puso el mordedor en la boca. Luego, lo acunó en su pecho, acariciándole suavemente la cabecita mientras el niño continuaba sollozando y pataleando. Al menos, no lloraba como un desconsolado. Eso habría sacado de quicio a una novata como ella.

Cuando vio que no se calmaba, ni siquiera moviendo la mecedora a toda velocidad, se puso a cantar. Primero una vieja balada de Billy Joel que le gustaba mucho a su padre, luego una canción de Sheryl Crow que decía algo acerca de tomar el sol, y finalmente varios temas de Adele. Con una de los últimos, Butch suspiró profundamente y comenzó a relajarse.

Annalise sintió que empezaban a pesarle los ojos también a ella. Se preguntó por qué siempre le había asustado estar con un bebé. Rachel tenía razón. Era un cosa instintiva y natural. Por supuesto, eso era fácil de decir, sabiendo que sus padres estaban al otro lado del pasillo. Pero podría ser diferente si ella estuviera sola con su propio bebé.

Pero, ¿sería tan complicado si tuviera con ella al hombre adecuado para ayudarla?

Le dio unas palmaditas a Butch en la espalda y pensó de nuevo en Sam. Él quería tener tres o cuatro hijos.

Sintió que las manos le temblaban y que una ola de nostalgia le invadía el corazón. Había dejado marchar a Sam porque tenía miedo de fracasar. como mujer y como esposa.

Pero ¿y si ella estaba equivocada? ¿Y si ese secreto del pasado, que consideraba tan terrible, carecía de importancia para su futuro como esposa y como madre? A Sam parecía gustarle como era. Tal vez, la desconfianza que tenía sobre su feminidad no fuera más que una rémora del pasado. ¿Qué pasaría si tuviera un instinto maternal a pesar de todo? ¿Y si tuviera la capacidad de llegar a ser esa mujer ideal con la que Sam soñaba, una mujer segura de sí misma, capaz de abrir su corazón para compartir el amor con él?

Capítulo Ocho

Sam estaba de muy mal humor cuando volvió a la oficina el lunes por la mañana. Por primera vez en muchos años, su trabajo parecía carecer de interés para él.

El mes de enero estaba dando sus últimos coletazos con un tiempo apacible y soleado. Todo el mundo parecía más alegre. Todo el mundo, menos él. Decidió recluirse en su despacho para no suscitar ningún incidente con el primero que se cruzase con por el pasillo.

Echaba de menos a Annalise. Se sentía frustrado recordando los momentos felices que había pasado con ella ese fin de semana. Habría pensado que todo había sido solo un sueño de no ser por el perfume que aún conservaba en su camisa.

Como un colegial enamorado, había ido a trabajar con la camisa de franela con la que había hecho el amor con ella. Annalise Wolff era complicada y desafiante, pero sensual y caliente como ninguna de las mujeres que había conocido. Satisfacía todos sus deseos, tanto emocionales como físicos.

La única esperanza que abrigaba para no volverse loco era saber que ella volvería a la ciudad el miércoles por la mañana.

***

Annalise estaba encantada de tener allí a los Harrell. La casa bullía de sonidos y risas. Darren daba órdenes y tomaba medidas, agachado en el sótano. Rachel cocinaba y entretenía a su bebé. Estaban entablando una gran amistad. Se sentía cómoda a su lado.

Sin embargo, el lunes, antes de la cena, Annalise entró en la cocina con cara de circunstancia.

Butch estaba en su trona tomando unos cereales.

–Me he dado cuenta de que te has encargado de todas las comidas y cenas desde que llegasteis. No es que me importe, es más, me agrada que lo hagas. Pero, ¿por qué lo haces? No me pareces el tipo de mujer que invade la cocina de una casa ajena como si fuera la suya.

–Yo… –dijo Rachel sonrojándose.

–Di lo que tengas que decir, no muerdo.

–El caso es que el señor Ely, nada más llegar, me llevó aparte y me dijo que no sabías cocinar y que sentías complejo de ello. Él no quería que te sintieras incómoda.

Annalise sintió un calor intenso en el pecho, Sam era todo un caballero. Pero era su forma de ser. Eso no significaba necesariamente que se preocupase por ella.

–Ya veo. Tiene razón. Sobre lo de que no sé cocinar, me refiero.

–¿De verdad no te gusta cocinar? –preguntó Rachel, con una dulce sonrisa.

–Es una larga historia. Y muy aburrida. Podemos atribuirlo a haberme educado en un hogar lleno de hombres.

–Lo comprendo. La cocina no figuraba entre sus preferencias, ¿verdad?

–No, más bien otras cosas, como reparar automóviles o volar en helicóptero.

–¿Sabes tú hacer esas cosas? –exclamó Rachel con los ojos como platos.

–Sí. Si alguien me pone una pistola en la cabeza. Mi padre y mi tío usaban un helicóptero para sus viajes de negocios y, a veces, por placer. Pero dejé de montar hace ya tiempo. Les he dicho muchas veces que se deshagan de él, pero no me hacen ni caso.

–Eres increíble, Annalise. Me alegro de que nos hayamos conocido.

El cumplido parecía sincero y Annalise lo aceptó como tal, dándose cuenta con asombro de que había personas que sabían apreciar cosas que ella no valoraba.

–Gracias, Rachel. Tú también eres una mujer increíble.

Cuando llegó la mañana del miércoles, Annalise tenía ya una idea formada de las habitaciones que había que restaurar y de los muebles viejos que podían darse en donación, tras la debida autorización de la señora Ely. Hacía un tiempo espléndido y, aunque el suelo estaba embarrado por la nieve que se había derretido, se estaba muy bien afuera.

Después del desayuno, ya dispuesta para salir, se puso las botas de caucho del día anterior y se dio una vuelta por los alrededores de la casa, tratando de imaginar cómo sería allí en el futuro la vida de Sam con su familia. Con su mujer perfecta y sus tres o cuatro hijos.

De repente, se detuvo en seco como si se le hubiera revelado alguna gran verdad. Ella quería tener hijos con Sam. Muchos. Pero Sam no la amaba. Deseaba su cuerpo, eso sí. Pero eso era todo. Simplemente, sexo.

Aunque, a decir verdad, el sexo con él era cualquier cosa menos simple. Era algo sin precedentes. En sus brazos, se sentía completa, femenina y deseada. Y ese sentimiento de plenitud le permitió, por primera vez en su vida, ver las cosas de otra manera.

Sam le había abierto la puerta a otras posibilidades. Le había suplicado que se dieran otra oportunidad y que fuera de verdad la mujer valiente y arriesgada que todo el mundo pensaba que era.

Sam había tenido el valor suficiente para dar el primer paso, para iniciar un giro hacia algo mucho más profundo que el simple placer físico. Pero ella no había querido arriesgarse a salir de su cascarón y le había rechazado por miedo a sufrir un nuevo desengaño y por el miedo que le daba la idea de traer hijos al mundo. Se tenía bien merecido el dolor que sentía ahora en el pecho.

Podía haberse criado en un hogar de hombres y tener ciertas actitudes que podrían considerarse «no muy femeninas», pero a Sam le gustaba como era. Se lo había dicho en más de una ocasión. Era un hombre maravilloso, excepcional. Era hora de que ella dejase a un lado sus resentimientos y complejos, diese un paso al frente y fuese tras él.

Un par de horas después, se detuvo en el aparcamiento de un centro comercial, a las afueras de Charlottesville. Tomó un carro de la compra, se dirigió al departamento de menaje del hogar y comenzó a meter artículos en el carro. Después, se encaminó a la sección de comestibles.

Al cabo de una hora, dio por concluida la primera fase del Proyecto Sam.

Cuando llegó a su apartamento se encontró con las plantas medio muertas. Se había olvidado de regarlas… otra vez. Por un momento, su eterna inseguridad salió a flote de nuevo. ¿Cómo podía cuidar de un bebé si era incapaz de cuidar una planta? Apenas había tenido una madre que la educara. Se había formado en medio de escopetas de aire comprimido, puñetazos y juegos bélicos en los bosques de los alrededores de Wolff Castle.

Aturdida, fue sacando, como una autómata, los alimentos del maletero del coche. Tuvo que hacer cuatro viajes para llevarse todas las bolsas. Acabó extenuada. Tal vez Sam tenía razón. Tal vez ella era solo una niña mimada que nunca se había enfrentado a ningún problema serio. Su padre le había dado todos los caprichos. Pero sabía que si tuviera un niño, todo cambiaría.

Ser madre significaba una gran dosis de sacrificio y una firme voluntad de anteponer las necesidades de otra persona a las suyas propias.

¿Sería ella capaz de ser una mujer así?

Entró en la cocina con un paquete de harina en la mano.

Sintió una extraña mezcla de pánico y de alegría. De pronto, el futuro se le aparecía brillante, con todo un abanico de posibilidades. Pero no era tan ingenua como para ignorar la otra cara de la moneda. Si intentaba cambiar y fracasaba en el empeño, las consecuencias serían desastrosas.

Sam salió de trabajar el miércoles antes de las seis de la tarde. Era una hora muy temprana para lo que acostumbraba. Sin duda, eso era un síntoma más de la situación desquiciada por la que estaba atravesando. Se había pasado todo el día imaginándose a Annalise en el coche, circulando por la autopista, ardiendo en deseos de ir a verlo.

Metió la llave en la cerradura de su loft con mano temblorosa. Todo lo que quería en ese momento era darse una ducha, cambiarse de ropa y estar unos minutos tranquilo para decidir si el plan que había pensado era un completo suicidio o no.

Nada más abrir la puerta soltó un gruñido. Allí estaba su madre.

–Hola, cariño –dijo ella, envolviéndolo en una nube de Obsession, su perfume favorito, y dándole un fuerte abrazo.

–Mamá –replicó él, maldiciendo para sus adentros y lamentando haberle dado un copia de la llave del loft–. ¿Qué estás haciendo aquí?

Sam quería mucho a su madre pero, después de cumplir los treinta, ella había iniciado su particular campaña de casamentera, haciéndole visitas inesperadas acompañada por alguna candidata deseosa de llevarlo al altar.

Charlaine Ely, con un elegante traje que le hacía mucho más joven de lo que era, esbozó una amplia sonrisa.

–¿No puede acaso una madre visitar a su niño? Anda, ven a la cocina, quiero presentarte a Daphne. Te va a encantar lo que nos ha preparado.

Cocinar era condenadamente difícil, se dijo ella. La cocina estaba toda patas arriba, pero, al final, lo había conseguido. Se quedó mirando con estupor la tarta que acababa de hacer. Se suponía que debía ser redonda y de dos pisos, pero tenía una hendidura en el medio y resultaba difícil saber qué forma tenía. Tal vez se disimulase un poco echándole azúcar glas por encima, se dijo. Pero al final, acabó convenciéndose de que el aspecto no era lo más importante. La intención era lo que contaba.

La tarta estaba sobre una base de cartón.

Recogería la cocina cuando regresase. Después

de todo, nadie iba a entrar allí para ver aquel desastre. Se le había quedado el vestido hecho una pena, así que se fue a la habitación y se puso unos pantalones vaqueros de diseño y un jersey de cachemir blanco de cuello alto. Luego se aplicó un poco de maquillaje y se dio unos toques con el pintalabios y el delineador de ojos.

Entró en el coche y se dirigió al apartamento de Sam. Estaba a menos de diez kilómetros. No había pensado lo que iba a decirle cuando lo viera. Tenía la esperanza de que su propuesta de paz y, tal vez, algo de sexo, podrían hacer las cosas más fáciles.

Apretó el volante con las dos manos al llegar a un semáforo en rojo. Le temblaban las piernas y sentía un gran agitación en el pecho, imaginándose su recibimiento.

Sam tenía razones para estar furioso. Se le encogía el alma solo de pensar que Sam estuviese enfadado con ella y la recibiese con cara de ogro. Él era muy importante para ella. Por eso estaba dispuesta a humillarse si era preciso. Tenía muchas cosas que decirle y deseaba fervientemente que todo saliera bien.

¿Confiaría en ella ahora? ¿La creería cuando le dijese que había cambiado, que veía ahora las cosas de una manera distinta y que estaba dispuesta a considerar la posibilidad de tener con él una relación seria y a tener… niños?

Encontró un lugar para aparcar. Se bajó del coche, entró en el edificio y subió al ascensor. Había estado ya antes una vez en el apartamento de

Sam… con ocasión de una campaña benéfica para recaudar fondos. Pero esa noche, Sam y ella apenas habían cambiado un par de palabras, a pesar de que ella lo había intentado.

Cuando el ascensor se detuvo, Annalise salió a un pasillo con la caja de la tarta bajo el brazo y el bolso sujeto como un salvavidas. Tocó el timbre.

Sam abrió la puerta y se quedó boquiabierto al verla.

–¿Puedo pasar?

Sam, ajeno al propósito de su visita, ni siquiera se dio cuenta de lo que llevaba bajo el brazo.

–Me temo que no llegas en un buen momento. Tengo…

Una mujer apareció detrás de él, mirando a la puerta con cara de curiosidad.

–¿Quién es, Sammy? No te entretengas. La cena ya está casi lista.

¿Sammy? Seguramente tendría una cita con una de esas tigresas con las que le gustaba salir.

Sam cerró los ojos un momento y frunció el ceño, con cara de resignación.

–Annalise, esta es mi madre, Charlaine Ely. Mamá, Annalise Wolff.

–¿Wolff? Pasa querida. Llevo años oyendo hablar de tu familia, pero desde que mi esposo y yo nos divorciamos cuando Sammy era un niño, apenas voy a Charlottesville. Es un placer conocerte. Tenemos una invitada. Es una de las viejas amigas de Sam de la época del instituto. Va a abrir un nuevo restaurante en Alabama, y se le ocurrió venir a probar su menú de degustación con Sam. Nos disponíamos a sentarnos a la mesa en este preciso momento. ¿Por qué no te sientas con nosotras? Estaríamos encantadas.

Charlaine, que hacía honor a su nombre por lo charlatana que era, la invitó a pasar a la cocina. Annalise y Sam entraron sin decir palabra, como dos pasmarotes.

Annalise se quedó paralizada al entrar. Allí, junto a la placa de vitrocerámica, estaba la mujer perfecta de Sam. Y llevaba puesto un delantal, por si fuera poco.

Era algo más baja que ella, pero más exuberante. Tenía una sonrisa franca y generosa, y parecía moverse como pez en el agua en aquella cocina equipada con las últimas tecnologías.

La madre de Sam hizo las presentaciones de rigor.

—Los rollitos estarán listos en cinco minutos —dijo Daphne—. Espero que tengáis apetito.

—¿Rollitos? —exclamó Annalise, espontáneamente, con cara de asco.

—Sí, bollitos de levadura con azúcar, huevo y mantequilla —dijo Daphne sonriente—. Una receta de mi abuela.

—¡Ah! ¡Qué ricos!

Annalise sintió que se le encendía la sangre. Apenas se había enfriado la cama donde habían hecho el amor, y ya le había faltado tiempo para meter en su apartamento a esa mujer que parecía un cruce entre Martha Stewart y Angelina Jolie.

Charlaine vio entonces la caja de la tarta.

–¡Oh! ¡Qué detalle! Has traído el postre. Había comprado un helado, pero lo dejaré para otro día. Pásame la tarta, la pondré en un plato.

Annalise agarró la tarta como si fuera un tesoro que alguien quisiera arrebatarle.

–El caso es que... la había hecho para... mi abuela. No debía haberla traído. Lo siento.

–¿Qué dices, Annalise? Todos tus abuelos están muertos –dijo Sam, arqueando una ceja.

–¡Sam! ¡No seas grosero! –exclamó Charlaine, dando a Annalise unas palmaditas en el hombro–. No te dejes intimidar, querida. Daphne es una profesional de la cocina. Las demás no podemos aspirar a competir con ella en eso. Pero estoy segura de que tu tarta es maravillosa.

Ante el gesto de estupefacción de Annalise, Charlaine le aflojó los dedos y se apropió de la tarta. Cuando puso la caja sobre la mesa y retiró la tapa, se hizo un silencio sepulcral.

Annalise habría querido que se la hubiera tragado la tierra. Todos los ojos estaban fijos en aquella masa informe cubierta de chocolate y azúcar glas.

–Sam me dijo que le gustaba mucho la tarta de crema con chocolate –dijo ella, mordiéndose el labio inferior–. Quería tener un detalle con él por haberme puesto en contacto con su abuela y conseguirme un nuevo proyecto en mi trabajo.

Daphne se inclinó hacia la tarta, observándola fijamente con cara de extrañeza, como si estuviera examinando un espécimen raro al microscopio.

–No tiene muy buena presentación, pero seguro que sabe bien –dijo ella a modo de consuelo.

Era el colmo. Lo que le faltaba por oír, se dijo Annalise.

–Me tengo que ir. Siento perderme la cena.

Annalise echó a correr hacia la puerta, tratando de contener las lágrimas. Pero antes de que llegara, Sam se interpuso en su camino.

–No es lo que piensas –dijo él–. No sabía que iban a venir.

Annalise se armó de valor y lo miró fijamente a los ojos, buscando desentrañar en ellos la verdad de sus palabras.

–Necesito hablar contigo –replicó ella–. Esta noche.

Sam dudó un instante. Pero ese instante de duda fue suficiente para que a ella se le encogiera el corazón, y su alma se convirtiera en un bloque de hielo.

Apartó a Sam con un movimiento brusco, abrió la puerta y echó a correr como un diablo.

Sam no recordaba haber tenido otro día peor en su vida. Se sentía entre la espada y la pared. Hubiera querido salir detrás de Annalise, pero, ¿cómo podía dejar solas a su madre y a Daphne con las molestias que se había tomado para preparar aquella cena?

Sin embargo, no podía olvidar a Annalise. Había ido a verlo. Le había dicho que quería hablar con él… esa noche. Eso tenía que ser una buena señal.

Tomaría unos de esos bollitos y luego iría a buscarla.

Recordó la mirada afligida de ella, poco antes de marcharse, y se dio cuenta del error que había cometido. Ella había interpretado su vacilación como un segundo rechazo.

Su madre le puso delante un plato con un buen trozo de helado.

–Prefiero la tarta –dijo él tajante, mirando el helado como si se sintiera ofendido.

–Por supuesto –replicó Daphne, levantándose muy solícita de la silla–. Déjame que te corte un trozo… Aquí lo tienes.

Sam tomó el tenedor y la probó. Sabía a rayos y la masa estaba seca y con grumos. Además tenía un trozo de cáscara de huevo que tuvo que escupir en la servilleta.

Las dos mujeres lo miraron expectantes.

Sam suspiró hondo un par de veces. Luego dejó el tenedor y se puso de pie. Tomó su taza de café y echó un buen trago para quitarse el mal sabor que le había dejado la tarta.

–Tengo que irme. Podéis quedaros aquí hasta mañana, si queréis. Tenéis que disculparme, pero tengo otros planes para esta noche.

–Te dije que no era una buena idea –dijo Daphne a Charlaine con una sonrisa irónica, y luego añadió, acercándose a Sam y dándole un beso en la mejilla–: Lo siento, Sam, pero tu madre es muy persuasiva. Me ha alegrado volver a verte. Buena suerte con tu chica.

Charlaine puso mala cara, pero al final se disculpó.

–A veces me dejo llevar, hijo. Anda, ve a buscar a esa Annalise y procura arreglar la cosas con ella. Es una chica muy agradable.

–Lo intentaré.

¿Cómo demonios se las había arreglado para volver a cometer el mismo error dos veces? ¡Y con la misma mujer! La primera vez que la había rechazado había estado siete años sin hablarle. Ahora sería mucho peor. Después de haber estado haciendo el amor todo un fin de semana, se había enfadado con ella y la había dejado sola. Y ella, comiéndose su orgullo, había ido a verlo con una tarta que ella misma había hecho con toda su buena voluntad.

Tomó las llaves y el abrigo y salió por la puerta. Bajó las escaleras corriendo y entró en el coche. Annalise podría estar en cualquier parte, pero, con lo disgustada que se había ido, lo más probable era que estuviera en su casa.

El apartamento de Annalise estaba en un edificio muy elegante. Tenía portero y conserje. Los dos rondarían los sesenta años. Por suerte para Sam, él había estado en la universidad con los hijos de ambos. Por eso pudo exponerles la situación con toda franqueza.

–Annalise y yo estamos saliendo juntos. Pero hemos tenido una riña de pareja. Estoy seguro de que estará arriba furiosa deseando sacarme los ojos. Consideraría un gran favor personal que pudieran prestarme una copia de la llave de su apartamento.

Los dos hombres se miraron extrañados. El conserje frunció el ceño.

–La vi subir. Parecía como si hubiera estado llorando.

–Es una larga historia –replicó Sam, angustiado–. Mi madre se entrometió y eso hizo que Annalise pensara que yo estaba interesado por otra mujer.

–¡Estas madres! –exclamó el portero–. No aprenderán nunca. ¡Maldita sea! Lo siento, señor Ely. Sé que no pretende hacerle ningún daño a esa señorita pero no puedo hacer lo que me pide. Podría perder mi trabajo.

–Al menos, llámela, por favor, y dígale que estoy aquí.

–Está bien –dijo el hombre, marcando un código de dos dígitos en el interfono de la casa.

Su rostro permaneció inescrutable durante la breve conversación que mantuvo.

–Me ha dicho que le diga que le trae ya sin cuidado –dijo el portero sin colgar el teléfono–. Y que es usted un canalla, un embustero, un falso…

–Vale, vale, ya me hago cargo –replicó Sam, alzando la mano–. ¿Puedo hablar con ella?

El conserje le entregó el teléfono.

–Hola, princesa. Por favor, ¿me dejas subir arriba?

–No –respondió ella con una voz ronca de tanto llorar.

–Iba a llamarte esta tarde.

–Ya.

–Pero cuando llegué a casa, mi madre estaba allí

con Daphne. No tenía idea de que iban a venir, te lo juro.

—¿Te comiste sus rollitos?

—Sí —respondió él.

—Estaban deliciosos, ¿verdad?

—Sí.

—¿Y mi tarta?

Sam sintió que una grieta enorme se le abría bajo los pies. Con el corazón palpitante, se preguntó lo que debía decir.

El conserje, aprovechando el instante de vacilación, le arrebató el teléfono.

—Por el amor de Dios, señorita Annalise. No podemos estar así toda la noche. Le voy a dar la llave de su apartamento al señor Ely para que resuelvan sus problemas en privado.

El portero colgó y, tras buscar durante unos segundos en un tablero, le dio la llave.

—Buena suerte, hombre.

Pasó adentro en silencio y dejó sus cosas en una mesita que había cerca de la puerta. Frente a él, se abría un espacio abierto que enlazaba el salón y la cocina. El desorden que había causado la elaboración de la tarta era aún visible.

—¿Dónde estás, princesa?

Sintió un sobresalto al verla aparecer de repente.

—¿Dónde voy a estar? Vivo aquí —dijo ella, sentándose en el sofá e indicándole con un gesto una silla cercana–. ¿Puedes decirme qué es eso tan importante que tienes que decirme para haber irrumpido en mi casa de esta forma tan grosera? Te advierto que no dispongo de toda la noche.

Annalise iba con ropa de andar por casa: unos vaqueros viejos y una sudadera. Llevaba el pelo suelto y unos calcetines gruesos de lana.

–No creo que tengas ningún plan esta noche. Fuiste a mi casa con intención de quedarte.

–Fui solo a dejarte un regalo de agradecimiento –dijo ella, mirándolo con una expresión fría y distante–. Así de simple.

Sam se puso de pie y se puso a pasear de arriba abajo, sin poderse estar quieto.

–¿Así de simple, dices? ¿Y eso qué? –exclamó él, señalando con la mano a la cocina–. Estuviste cocinando para mí.

Annalise sintió un rubor intenso en las mejillas. Pero trató de ocultar sus emociones.

–Digamos que fue un experimento, nada más. No muy exitoso, por cierto, tengo que reconocer.

–Yo no te rechacé esta noche. Lo que pasó no tiene nada que ver con lo de hace siete años. Me pillaste por sorpresa. Al llegar a casa, me encontré con una visita inesperada y no supe eludir el compromiso. Tú también tienes parte de culpa. Te despediste de mí de manera muy fría. Creo que estamos empatados, ¿no?

–Si tú lo dices–dijo ella, encogiéndose de hombros.

–¿Por qué fuiste a verme en realidad?

–No sabría decírtelo. Fue un impulso. Ya sabes cómo soy.

–Está bien, si no quieres hablar con sinceridad, lo haré yo –dijo él, suspirando profundamente–. Lo creas o no, iba a venir a verte esta noche.

Ella puso cara de indiferencia, como si no le interesara en absoluto lo que le estaba diciendo.

–¿No quieres saber para qué? –insistió él.

–¿Te marcharás en seguida si te digo que sí?

Sam pareció desquiciarse definitivamente y decidió hablar sin rodeos.

–¡Maldita sea! He venido para decirte que te amo y para… pedirte que te cases conmigo.

Sam nunca se había imaginado que se vería algún día diciendo esas palabras a una mujer, y menos de esa manera. Debería haber preparado un poco mejor su declaración, en vez de soltársela así, de sopetón. En todo caso, por la reacción de ella, parecía como si en vez de una proposición de matrimonio le hubiese hablado del tiempo tan agradable que estaba haciendo.

–¿Y? –gruñó él con los dientes apretados–. Se supone que debes responder algo, ¿no?

Ella bajó la cabeza y su expresión se ensombreció por el mechón que le cayó por la cara.

–Por favor, no sigas –dijo ella, con una voz apenas audible–. No serviría de nada.

–Tenemos que hablar, Annalise. Tenemos que aclarar nuestra relación de una vez por todas –replicó él, sentándose junto a ella y estrechándola entre sus brazos–. Me prometí que nunca más volvería a hacerte daño y hoy te he hecho llorar. No sabes lo mal que me siento por eso.

Ella apoyó la cabeza en su hombro y se puso a jugar con uno de los botones de su camisa.

—Yo me había armado de valor para ir a verte y decirte lo que de verdad sentía por ti. Y entonces me encontré con esa Daphne en tu casa.

—Ella no representa nada en mi vida —dijo él, abrazándola con más fuerza—. De hecho, no había vuelto a verla desde que salimos del instituto.

—Te creo. Pero yo la vi, Sam. Y es la mujer perfecta para ti. Me di cuenta en seguida. Aunque no la desees a ella, habrá otra Daphne.

—¿Fuiste a mi casa para decirme eso?

—No.

Sam esperó paciente sus palabras. La situación lo requería. Era mucho lo que estaba en juego.

—Entonces, ¿para qué?

Ella alzó la cabeza y se apartó el pelo de la cara. Tenía los ojos hinchados y la nariz roja.

Él la miró fijamente. Nunca la había visto tan hermosa.

—Sam, yo…

—¿Qué, cariño? Puedes decirme lo que quieras.

Ella se encogió de hombros, con los ojos sospechosamente brillantes.

—Te amo. Te he amado siempre. Tú creíste entonces que yo era demasiado joven para conocer mis sentimientos, pero ya estaba segura de ellos hace siete años.

—No parece que lo digas con mucho entusiasmo

–replicó él con una sonrisa, tratando de poner una nota de humor en aquel momento.

Ella, en efecto, no parecía muy feliz. Él la había tratado de forma muy considerada ese fin de semana y habían hecho el amor apasionadamente. Pero no le había hablado de amor.

Sam la miró angustiado ante la idea de pensar que podría haberla perdido.

–No digas nada más. Aún no –dijo él, poniéndole la mano en la boca y acariciándole la mejilla con el pulgar–. Si es por lo de tener niños, olvídalo. Yo te amo, amor mío. Te amo por encima de todo. No necesito dos coma cinco hijos y un perro, como la media nacional, para ser feliz. Solo te necesito a ti –dijo besándola muy suavemente, y luego añadió–: Eso es por lo que sigo aún soltero a mis treinta y seis años. Te he estado esperando, pero no a que te hicieras mayor sino a que me perdonaras y me dieras una nueva oportunidad.

–No pienso dejar que renuncies a tu sueño por mí, Sam –dijo ella con los ojos llenos de lágrimas–. Quiero darte hijos, si puedo. Pero tendrás que ayudarme, tendrás que decirme si hago las cosas mal, si soy demasiado obstinada o si no soy buena madre.

–¿A cuento de qué viene eso? –preguntó él sorprendido.

–Mi madre abusó de… sus hijos –contestó ella.

Fueron solo seis palabras. Seis terribles palabras que salieron de su boca como puñales.

–¡Dios mío! –exclamó él, estrechándola con más fuerza entre sus brazos.

–A mí, no me hizo nada –susurró ella en un hilo de voz–. O si lo hizo, no lo recuerdo. Creo que Devlyn fue el que se llevó la peor parte. Recuerdo lo que tuvieron que pasar mis hermanos. Eso fue antes de ir a la montaña. Ella bebía. Estaba fuera de sí.

–¿Y nadie hizo nada?

–Creo que nadie lo sabía.

–¿Ni siquiera tu padre?

–Puede ser, no lo sé. Ya ves, no solo crecí sin una madre, sino que, cuando aún vivía, envenenó mi mente con unas imágenes horribles... Es posible que yo haya heredado sus... vicios.

–Eso es solo un montón de basura –replicó él furioso, levantándose del sofá.

La imagen de Annalise de niña, huyendo asustada de su madre, parecía perseguirle, corroyéndole el corazón.

–Sé lo que estás tratando de decirme. Pero no te preocupes. La única familia que necesito eres tú. Estoy seguro de que serías una buena madre, pero no quiero hacerte pasar por eso, si no te sientes con fuerzas para ello. ¡Santo cielo! Has tenido que vivir todos estos años con esa carga encima. Y, sin embargo, has llegado a ser una mujer tierna y cariñosa. Estoy tan orgulloso de ti, te amo tanto, que no sé siquiera cómo expresarlo con palabras.

–Entonces demuéstramelo –dijo ella poniéndose de pie también y acercándose a él–. Vuélveme a repetir eso de que me amas.

–Te adoro –exclamó él, con la voz ahogada por la emoción–. Quiero casarme contigo. Si tenemos niños o no, será algo que decidiremos juntos más adelante. Te amo, Annalise.

Ella se puso de puntillas y lo besó, entregada.

La angustia y la frustración que él había acumulado en su interior se fundieron para reconvertirse en un deseo irrefrenable. Una erección tan fuerte que casi le resultó dolorosa.

No le bastaban sus besos ni sentir el calor de su cuerpo junto al suyo. Necesitaba estar dentro de ella. Devorándola. Le quitó la ropa con desesperación. Annalise sollozó una vez más y luego le desabrochó la camisa, casi a tirones.

–Te necesito, Sam. No sabes cuánto…

Se tumbaron juntos desnudos en el sofá.

–No dejaré que te alejes nunca más de mí. Eres mía, Annalise. No tienes nada que temer. Pasaré el resto de mi vida protegiéndote –dijo él, acariciándole los pechos con ternura–. Quiero ser un refugio para ti.

Sam la miró a los ojos fijamente mientras entraba dentro de ella.

–Princesa… Dime que amas. Dímelo otra vez.

–Sí, Sam –dijo ella, envolviendo las piernas alrededor de su cintura–. Te amo y siempre te amaré.

El acto sexual pareció ahora diferente de otras veces. Más profundo, más solemne y poderoso, como si estuviera estableciendo una unión entre ellos imposible de romper.

Cuando Sam recobró el aliento, la tomó en sus brazos y la llevó a su dormitorio. Era un habitación muy especial y poco convencional. Como su dueña.

Dejó a Annalise sobre las sábanas de color magenta y se sentó a su lado.

–No sé si te has dado cuenta, pero aún no has respondido a mi proposición de matrimonio.

–Necesito estar más segura, Sam. Solo hemos pasado juntos un fin de semana.

–Te conozco de toda la vida, cariño. Si las cosas hubieran sido diferentes, probablemente, estaríamos casados ya hace tiempo. Pero te lo preguntaré otra vez: ¿quieres casarte conmigo?

–Antes de responderte, necesito hacerte yo a ti una pregunta.

–Pregúntame lo que quieras, vida mía.

–¿Te gustó mi tarta?

Sam sintió que un terrible agujero se abría bajo sus pies. Respiró profundamente.

–Estaba horrible.

Ella se echó a reír, con una cara radiante de felicidad.

–Veo que eres sincero. Sí, me casaré contigo, Sam. Sería una estúpida si te dejara escapar.

Epílogo

Dieciocho meses después

Annalise se inclinó sobre la mesa, dando los últimos retoques a la tarta de cumpleaños de su padre. El señor Wolff había asistido muy feliz a la boda de Sam con su hija y aún se había sentido más satisfecho cuando había visto la casa que se habían construido en Wolff Mountain.

De hecho, aquel día podía considerarse también la inauguración de su hogar.

Sam estaba pendiente de todo lo que pudiera hacerle a ella feliz.

—Ven a probarla —dijo Annalise—. Creo que me ha salido bien, pero he hecho otra por si caso.

Sam se acercó a ella, abrochándose los gemelos de la camisa. Estaba muy elegante. Quería que aquella velada fuera inolvidable para ella y no había escatimado ningún detalle.

—Está bien —replicó él—. Haré de conejillo de indias.

—No seas tonto— dijo ella, dándole un pellizco en el brazo y metiendo luego los dedos en la tarta—. Dime la verdad. Si no te gusta, tengo otra tarta de queso con frambuesa de repuesto.

Sam le agarró la mano y se la llevó a la boca, lamiéndole los dedos con fruición.

–Está deliciosa –respondió él con un brillo especial en la mirada–. Pero no tanto como tú.

–Compórtate, Sam –dijo ella, sintiendo que empezaban a flaquearle las piernas y que los invitados estaban a punto de llegar.

–Como tu digas, amor mío. Pero dime, ¿qué decidiste regalarle a tu padre al final?

–Nada material.

–¿Cómo es eso? Sé que tu padre puede comprarse lo que quiera, pero sé que aprecia también mucho los detalles.

–Pensé que, este año, le gustaría tener un regalo más especial –dijo ella, llevándose la mano al vientre–. Es un regalo en el que tú también has colaborado.

Sam se quedó con los ojos en blanco y su rostro se cubrió de una expresión de alegría y felicidad. La levantó en vilo y se puso a bailar con ella alrededor de la mesa.

–¿Un bebé? ¿Está segura?

–Vas a ser papá en siete meses y medio –dijo ella con una sonrisa, revolviéndole el pelo.

–Gracias, princesa –replicó él, dejándola en el suelo y besándola con ternura.

Ella apoyó la cabeza en su hombro y le abrazó.

–Siendo justos, tengo que reconocer que tú hiciste la mayor parte del trabajo.

–Espero que sea una niña –susurró él en voz baja, acariciándole el pelo con suma delicadeza.

–¿Serás capaz de manejar a dos mujeres? –exclamó ella en broma, radiante de felicidad.

–Espero que sí –replicó él, llevándose su mano a los labios y besándola con ternura–. Esta noticia se merece una celebración. Pero será algo íntimo. En privado. Más tarde. Cuando te tenga solo para mí. De momento, confórmate con que te diga que eres mi mujer ideal. La mujer perfecta. En todos los sentidos.

No puedo dejarte ir
SARAH M. ANDERSON

La carrera de la productora de cine Thalia Thorne estaba en la cuerda floja. Había prometido convencer a James Robert Bradley para que volviera a ponerse bajo los focos, costara lo que costara. Pero, una vez en Montana, se encontró con que J. R. llevaba una nueva vida como cowboy y le resultó imposible resistirse al hombre en que se había convertido.

Entonces quedaron atrapados por una tormenta de nieve. Cuando la nieve se derritiera, ella iba a tener que elegir entre volver a la gran ciudad o sacrificarlo todo por el hombre que siempre había deseado.

¿Iba a dejar escapar al hombre de sus sueños?

Acepte 2 de nuestras mejores novelas de amor GRATIS

¡Y reciba un regalo sorpresa!

Oferta especial de tiempo limitado

Rellene el cupón y envíelo a
Harlequin Reader Service®
3010 Walden Ave.
P.O. Box 1867
Buffalo, N.Y. 14240-1867

¡Sí! Por favor, envíenme 2 novelas de amor de Harlequin (1 Bianca® y 1 Deseo®) gratis, más el regalo sorpresa. Luego remítanme 4 novelas nuevas todos los meses, las cuales recibiré mucho antes de que aparezcan en librerías, y factúrenme al bajo precio de $3,24 cada una, más $0,25 por envío e impuesto de ventas, si corresponde*. Este es el precio total, y es un ahorro de casi el 20% sobre el precio de portada. ¡Una oferta excelente! Entiendo que el hecho de aceptar estos libros y el regalo no me obliga en forma alguna a la compra de libros adicionales. Y también que puedo devolver cualquier envío y cancelar en cualquier momento. Aún si decido no comprar ningún otro libro de Harlequin, los 2 libros gratis y el regalo sorpresa son míos para siempre.

416 LBN DU7N

Nombre y apellido	(Por favor, letra de molde)	
Dirección	Apartamento No.	
Ciudad	Estado	Zona postal

Esta oferta se limita a un pedido por hogar y no está disponible para los subscriptores actuales de Deseo® y Bianca®.
*Los términos y precios quedan sujetos a cambios sin aviso previo.
Impuestos de ventas aplican en N.Y.

SPN-03   ©2003 Harlequin Enterprises Limited

Bianca.

¡Sus más exóticas fantasías estaban a punto de hacerse realidad!

Clara Davis supo, en cuanto la palabra «sí» escapó de sus labios, que se había metido en un buen lío. ¿Cómo iba a fingir ser la mujer de su jefe en su lujosa luna de miel?

La regla de Zack Parsons sobre no salir con empleadas había evitado que viera más allá del delantal de repostera de Clara, pero ahora la estaba mirando con una luz totalmente distinta y bastante más tentadora. Entregarse a una noche de pasión debería haber bastado para satisfacer su recién descubierto deseo…
¿O no…?

Luna de miel con otra

Maisey Yates

Deseo™

Bella y valiente
NALINI SINGH

En el corazón de Hira comenzaba a brillar la esperanza. Se había casado con un hombre con el que quizá mereciera la pena construir un futuro. A su madre le habían preocupado las cicatrices de Marc, pero a ella le resultaba increíblemente atractivo. De hecho, aquellas marcas de su rostro le daban un aire peligrosamente masculino que despertaba en ella sentimientos e ideas que la escandalizaban.

¿Qué importaba el rostro de un hombre si tenía corazón? Y por un hombre con corazón, ella sería capaz de arriesgarlo todo...

Sabía que era peligroso...
pero accedió a casarse con él

¡YA EN TU PUNTO DE VENTA!